U0657357

21

世纪文学之星 丛书

2022—2023 年卷

中短篇小说集

花园荒芜

星 秀⊙著

作家出版社

图书在版编目（CIP）数据

花园荒芜/星秀著. -- 北京：作家出版社，2025.7.
（21世纪文学之星丛书）. -- ISBN 978 - 7 - 5212 - 3421 - 3

Ⅰ. Ⅰ247.7

中国国家版本馆 CIP 数据核字第 2025B4A690 号

花园荒芜

作　　者：星　秀
责任编辑：李亚梓
特约编辑：赵　蓉
装帧设计：守义盛创·段领君
出版发行：作家出版社有限公司
社　　址：北京农展馆南里 10 号　　　邮　　编：100125
电话传真：86 - 10 - 65067186（发行中心）
　　　　　86 - 10 - 65004079（总编室）
E - mail: zuojia@zuojia. net. cn
http: // www. zuojiachubanshe. com
印　　刷：唐山玺诚印务有限公司
成品尺寸：142 × 210
字　　数：160 千
印　　张：6.75
版　　次：2025 年 7 月第 1 版
印　　次：2025 年 7 月第 1 次印刷
ISBN　978 - 7 - 5212 - 3421 - 3
定　　价：48.00 元

作家版图书，版权所有，侵权必究。
作家版图书，印装错误可随时退换。

顾 问

王　蒙　王巨才　袁　鹰　谢永旺

编审委员会

主　任　徐贵祥

副主任　何建明

委　员（按姓氏笔画排序）

叶　梅　叶延滨　李一鸣　何向阳

吴义勤　邱华栋　施战军　阎晶明

梁鸿鹰　彭学明　鲍　坚

出版委员会

主　任　鲍　坚

副主任　安亚斌　张亚丽

委　员（按姓氏笔画排序）

李亚梓　赵　蓉

作者简介：

星秀，本名丁蕾，1992 年出生于山东，北京师范大学文学硕士。现居北京。

目
录

总序   袁　鹰／1
序　荒芜不是结局，是种子在积蓄重生的力量　星　秀／5

你见过海兔吗?   1
雪山闻道   10
愤怒的海星   19
留仙   32
起舞弄清影   58
金鱼   69
花园荒芜   79
奔跑的柿子树   91
大雨落在半截塔   102
战马超   111
去陶然岛   123
冷月亮   134
老街的故事   153
盛会   164

总　序

袁　鹰

中国现代文学发轫于本世纪初叶，同我们多灾多难的民族共命运，在内忧外患，雷电风霜，刀兵血火中写下完全不同于过去的崭新篇章。现代文学继承了具有五千年文明的民族悠长丰厚的文学遗产，顺乎20世纪的历史潮流和时代需要，以全新的生命，全新的内涵和全新的文体（无论是小说、散文、诗歌、剧本以至评论）建立起全新的文学。将近一百年来，经由几代作家挥洒心血，胼手胝足，前赴后继，披荆斩棘，以艰难的实践辛勤浇灌、耕耘、开拓、奉献，文学的万里苍穹中繁星熠熠，云蒸霞蔚，名家辈出，佳作如潮，构成前所未有的世纪辉煌，并且跻身于世界文学之林。80年代以来，以改革开放为主要标志的历史新时期，推动文学又一次春潮汹涌，骏马奔腾。一大批中青年作家以自己色彩斑斓的新作，为20世纪的中国文学画廊最后增添了浓笔重彩的画卷。当此即将告别本世纪跨入新世纪之时，回首百年，不免五味杂陈，万感交集，却也从内心涌起一阵阵欣喜和自豪。我们的文学事业在历经风雨坎坷之后，终于进入呈露无限生机、无穷希望的天地，尽管它的前途未必全是铺满鲜花的康庄大道。

绿茵茵的新苗破土而出，带着满身朝露的新人崭露头角，自然是我们希冀而且高兴的景象。然而，我们也看到，由于种种未曾预料而且主要并非来自作者本身的因由，还有为数不少的年轻作者不一定都有顺利地脱颖而出的机缘。其中一个重要的原因，乃是为出书艰难所阻滞。出版渠道不顺，文化市场不善，使他们失去许多机遇。尽管他们发表过引人注目的作品，有的还获了奖，显示了自己的文学才能和创作潜力，却仍然无缘出第一本书。也许这是市场经济发展和体制转换期中不可避免的暂时缺陷，却也不能不对文学事业的健康发展产生一定程度的消极影响，因而也不能不使许多关怀文学的有志之士为之扼腕叹息，焦虑不安。固然，出第一本书时间的迟早，对一位青年作家的成长不会也不应该成为关键的或决定性的一步，大器晚成的现象也屡见不鲜，但是我们为什么不在力所能及的范围内尽力及早地跨过这一步呢？

于是，遂有这套"21世纪文学之星丛书"的设想和举措。

中华文学基金会有志于发展文学事业、为青年作者服务，已有多时。如今幸有热心人士赞助，得以圆了这个梦。瞻望21世纪，漫漫长途，上下求索，路还得一步一步地走。"21世纪文学之星丛书"，也许可以看作是文学上的"希望工程"。但它与教育方面的"希望工程"有所不同，它不是扶贫济困，也并非照顾"老少边穷"地区，而是着眼于为取得优异成绩的青年文学作者搭桥铺路，有助于他们顺利前行，在未来的岁月中写出更多的好作品，我们想起本世纪20年代和30年代期间，鲁迅先生先后编印《未名丛刊》和"奴隶丛书"，扶携一些青年小说家和翻译家登上文坛；巴金先生主持的《文学丛刊》，更是不间断地连续出了一百余本，其中相当一部分是当时青年作家的处女作，而他们在其后数十年中都成为文学大军中的中坚人物；茅盾、叶圣陶等先生，都曾为青年作者的出现和成长花费心血，不遗余力。前辈

花园荒芜　｜

们关怀培育文坛新人为促进现代文学的繁荣所作出的业绩，是永远不能抹煞的。当年得到过他们雨露恩泽的后辈作家，直到鬓发苍苍，还深深铭记着难忘的隆情厚谊。六十年后，我们今天依然以他们为光辉的楷模，努力遵循他们的脚印往前走去。

开始为丛书定名的时候，我们再三斟酌过。我们明确地认识到这项文学事业的"希望工程"是属于未来世纪的。它也许还显稚嫩，却是前程无限。但是不是称之为"文学之星"，且是"21世纪文学之星"？不免有些踌躇。近些年来，明星太多太滥，影星、歌星、舞星、球星、棋星……无一不可称星。星光闪烁，五彩缤纷，变幻莫测，目不暇接。星空中自然不乏真星，任凭风翻云卷，光芒依旧；但也有为时不久，便黯然失色，一闪即逝，或许原本就不是星，硬是被捧起来、炒出来的。在人们心目中，明星渐渐跌价，以至成为嘲讽调侃的对象。我们这项严肃认真的事业是否还要挤进繁杂的星空去占一席之地？或者，这一批青年作家，他们真能成为名副其实的星吗？

当我们陆续读完一大批由各地作协及其他方面推荐的新人作品，反复阅读、酝酿、评议、争论，最后从中慎重遴选出丛书入选作品之后，忐忑的心终于为欣喜慰藉之情所取代，油然浮起轻快愉悦之感。"他们真能成为名副其实的星吗？"能的！我们可以肯定地、并不夸张地回答：这些作者，尽管有的目前还处在走向成熟的阶段，但他们完全可以接受文学之星的称号而无愧色。他们有的来自市井，有的来自乡村，有的来自边陲山野，有的来自城市底层。他们的笔下，荡漾着多姿多彩、云谲波诡的现实浪潮，涌动着新时期芸芸众生的喜怒哀伤，也流淌着作者自己的心灵悸动、幻梦、烦恼和憧憬。他们都不曾出过书，但是他们的生活底蕴、文学才华和写作功力，可以媲美当年"奴隶丛书"的年轻小说家和《文学丛刊》的不少青年作者，更未必在当今某些已经出书成名甚至出了不止一本两本的作者以下。

　　是的，他们是文学之星。这一批青年作家，同当代不少杰出的青年作家一样，都可能成为 21 世纪文学的启明星，升起在世纪之初。启明星，也就是金星，黎明之前在东方天空出现时，人们称它为启明星，黄昏时候在西方天空出现时，人们称它为长庚星。两者都是好名字。世人对遥远的天体赋予美好的传说，寄托绮思遐想，但对现实中的星，却是完全可以预期洞见的。本丛书将一年一套地出下去，十年二十年三十年五十年之后，一批又一批、一代又一代作家如长江潮涌，奔流不息。其中出现赶上并且超过前人的文学巨星，不也是必然的吗？

　　岁月悠悠，银河灿灿。仰望星空，心绪难平！

1994 年初秋

序

荒芜不是结局，是种子在积蓄重生的力量

星　秀

　　在校对这本书稿的过程中，我有些打退堂鼓，甚至一度想要放弃这本书的出版。放弃的念头源于自己心境的变化与对文字认知的改变。后来，安安老师对我说，要尊重自己的创作历史。我想这话很有道理，尊重自己的创作历史，尊重自己曾搁浅成一个个小岛般的情绪，尊重在困境中不断寻求突围的自己或他者的身影。

　　当我的花园又陆续开出了花儿，我开始明白，心底里始终保有对生命的热爱是多么地重要，这种热爱，就像大地对种子的滋养；这种热爱，支撑着我即使面对着满园荒芜，也坚信总有一天新的种子会破土而出。其实，在几年之前，这些中短篇里提及的困境，并没有找到一个可行的突破口，小说里呈现的是困境，流淌的是细碎甚至有些压抑的情绪。如今再回看，它们都在问同一个问题，那便是当困境来临时，到底该如何继续生活下去。2022年的春天，莫言老师对青年人的寄语"不被大风吹倒"令我感慨，那时候的我，正处于对生活的迷茫中，日常琐事的疼痛令我苦不堪言，心里隐隐地不安。"不被大风吹倒"这句话总让我想起烟台作家王月鹏老师在他的散文里曾写到的一个画面，人走在

海边，风雨正穿胸而过。

后来，生活的风雨袭来，我的花园几近凋零。风雨过后，一片荒芜。当生活向我铺展开冷峻的一面，我在风雨中摔倒、哭泣、彷徨甚至绝望。现实的境遇给了创作一个答案：荒芜不是结局，是种子在积蓄重生的力量。在"海星"（《愤怒的海星》）篇里，我写下即使海星只剩下一条肉腕，它也能重新长出新的身体，继续活下去；在"雪山"（《雪山闻道》）篇里，我写下主人公从执着痛苦到自觉觉他，勇敢地接受生活的模样；在"花园"（《花园荒芜》）篇里，我写下直面日常疼痛，接纳磨砺，迎来重生。书名为《花园荒芜》，实则每一篇都在记录"荒芜"的反面。子藏岛上寻找海兔的男女、冰川深处与亡魂对话的旅人、半截塔村储物间里饲养金鱼的老妇……这些角色在逼仄的生存缝隙中执着地打捞意义，如同我总在故乡废弃的柿子林里，看见奶奶弓着腰给枯树浇水的身影。

我曾经固执地想要留存那些已经褪色枯萎的花儿，就像我曾固执地留下房间里的鲜花，即便它们枯萎也不肯扔掉，天真地以为干花也可以长久地保存下去，于是我将它们放在洗手台上、衣柜角落、书架边角……直到有一天，我在无名的头痛与呕吐中醒来，闻到空气中若有若无的霉菌气息，才终于明白，原来真的到了与那些花儿告别的时候了。

我很喜欢史铁生先生的《秋天的怀念》，每次读都心潮涌动。对无常的接纳，对母爱的感怀，对生活的勇气……当生活并不尽如人意，当秋天到来花园开始荒芜，我们能做的是什么呢？我想我找到了答案，那便是接受，接受世事无常，接受磨砺挫折，接受别离辛酸……接受生活赠予的一切，让它们就在花园的土地上沉淀和变化，事情发生如同焰火熊熊燃烧，终归于灰烬，落在花园的大地上，化作滋养种子的土壤。

我要感谢我的母亲，在秋冬日花朵凋零的时候，是她，将一盆盆杜鹃搬进我的小屋；也是她，在我困顿绝望时伴我读书画画，母亲就坐在我对面，画下一幅又一幅牡丹、莲花、腊梅……她把花放进了屋里，画在了纸上，也种进了我的心里。

　　我要感谢安安老师，在他的陪伴中，于一个寂静的夜晚，我再次走进那片荒芜的花园，郑重地同凋零的花朵告别。再一次面对满园的荒芜时，我站在园中，看到风雨还没有停息，但它们终于渐渐地和缓了许多；我也看到，在灰褐色的荒芜之中，有许多嫩嫩的绿芽儿已破土而出，活泼泼地生长。那一刻，我懂得，风雨亦可促进新芽儿的成长。

　　感谢生活的赠予。未来的日子，我想用笔触继续写下一个个故事，写下慈悲、愿景、智慧、行动，我期待着，当你们将书页翻开，能够慢慢明白我所说的花园荒芜，到底是怎么一回事。

2025 年春于北京

你见过海兔吗？

　　我们抵达子藏岛的时候，天还没有黑。马超有些兴奋，因为他说发现了一条海城地图上没有的道路——从陆地上抵达子藏岛。站在小岛上，往海面望去，夕阳硕大无比，像是正在燃烧。

　　子藏岛上的陆地还算开阔，环岛一圈生长着密匝匝的低矮松树，眼前是无边无际的海水，淡红色的海面此刻格外宁静，泛着太阳金光的波浪，一次次喧腾而来，又一次次奔涌而去。马超把折叠斗篷打开，蓝色帆布上的褶皱怎么都抚不平整。周围的夜色倏忽之间就暗淡下来，渐渐寂静下来的四周让我感到局促不安。最近一个多月的时间，每到天黑的时刻，我的身体似乎愈加敏感。我让自己尽量平静地躺在出租屋的木床上。紧闭双眼，眼前是大片大片的不断消散又不断聚集的红色。对门卫生间里的自来水哗哗响着，厨房里张姐正在做晚饭，爆炒辣椒产生的呛人油烟在客厅里游走，顺着门的缝隙钻到卧室里来。气管里像是被填满羽毛，我张大嘴巴呼吸，如同一条缺氧的金鱼。

　　天完全黑下来之前，马超已经把帐篷搭好了。但我一点儿也没有心思睡觉，过不了几天，子藏岛就要被红色海水淹没，而我和马超，将再也找不到浅水湾里的紫色海兔。出发来子藏岛前，我和马超曾有过彻夜长谈，其实也并不是专门拿出一夜的时间来讨论问题，只是燥热的夏夜里，对面洗手间里的徐晶丈夫抽烟的气息顺着门缝蔓延到我们爆了皮的嘴唇和发痒的鼻腔里，我感觉自己的胸口里正被蓝色的烟雾填满。马超说这事儿其实也不用那么焦虑，顺其自然就好了，没必要非得做个决断，就像子藏岛中有关海兔的说法，也仅仅是传说。我想他简直是胡说八道，一个多月前的那个夜晚，他也言之凿凿地对我说，这事儿发生的概率最多就是百分之零点零五，药品说明书上就是这样讲的。

马超有些慵懒，他显得心不在焉。我换上香芋紫的 T 恤和蓝色的牛仔裤，同他说，我们今天下午或许就能看到海兔。我说这话的时候，马超已经开始吃我们出发前带好的三明治。

"那是我们明天的早餐！"我冲着他嚷，张嘴的瞬间，海风不怀好意地灌进了我的喉咙。

"可是我饿了，而且我觉得我们没必要在这儿待到明天中午，我们明天一早就可以回家吃饭。"马超不以为然，他大口咀嚼面包的样子让我有点儿反感。

"你总是把事情想得很简单。"我懒得理会他，扭头往金黄色的海边走去。

"这事儿本来也不复杂。"马超嘟嘟囔囔地说，平时他就爱嘀咕，有时像个咕咕咕咕的抱窝母鸡。

子藏岛是个野岛，平日里很少有人到岛上来。在海城大大小小的岛屿里，它并不怎么被人提起。子藏岛的周围有一道暗流，几乎每年都有水性很好的人被暗流吞噬。夜幕降临的时候，常有女人跪在子藏岛对面的海滩上虔诚地烧着纸钱，嘴里念念有词。那些金黄色的纸钱火焰向着黑色的空中蔓延，燃烧的纸钱吐着橙红色的火舌，舔红了海滩的脸，那些藏匿着的黑色的角落像是被扯下了遮羞裤，在火焰中炙烤。沙滩的上空似乎有一个无形的黑洞，不断地吸吮着黑暗中的点点光亮。

后来，在海城图书馆的一排老旧图书里，我翻到了那本《海城笔记》，里面有一段话与子藏岛有关，我那时还专门抄录在笔记本上。

"形如合钵，一达于左，一达于右。阴阳交媾，胎孕乃凝，所藏之处，名曰子宫。胞胎半成，匿为海兔，人面紫衣，故名子藏。"

那个在黑暗中燃烧纸钱的女人，她的哭泣声嘤嘤嘤嘤，萦绕在我的耳边。近来的夜晚，我总在就要睡去的时刻想到海滩上的那个画面，海滩上的女人絮说着自己的苦楚，我听见她说，如果几年前她怀孕的时候，没有决绝地登上子藏岛，也没找到海兔，更没有把它埋葬起来，或许她现在也不会分分秒秒活在懊悔之中，她总想起那个初成人形的紫色身子和那张小小的脸。她失魂落魄的脸上满是后悔，暗淡的目光旁皱纹蔓生。我从浅浅的睡眠中惊醒，浑身疲倦地走向卫生间，拧开冰凉的水龙头，掬起一捧捧清水泼在自己的脸上。水珠漫进眼眶，一阵刺痛，模糊的眼前，突然出现一只紫色海兔的轮廓。

回到卧室，马超依然在酣睡，他把厚重的被子都裹在身上，像一条裹满了淀粉的鱼，我拍拍他肥厚的背，他不耐烦地皱着眉头，很懊恼地翻过身去，脸冲着墙。小屋里闷热潮湿，两天前用过的小锅和碗筷杂乱地堆在阳台上，衣柜的门半掩着，一瓶蓝色的灭蟑液支棱出细长的喷头。外面的天空就要下雨了，我想跟马超说，我们该谈一谈了。

我的确还没做好准备。这是我和马超在一起的第七年，我们是在海城大学相识的。后来，我继续在海城读研究生，马超大学毕业，也在海城找了份工作，他给海城歌剧院写剧本，一年到头从不加班，我们在海城租了房子。

海城的房子很贵，马超说就算是砸锅卖铁再顺带把他卖了，也凑不齐付首付的钱。马超还说，租房子也不见得就不好，干吗年纪轻轻就把自己捆绑在房子上呢，还高高兴兴地戴上枷锁。但是我和马超想法不一样，我想即使现在买不起房子，我们也应该努力一些，比如像大学同学阿花那样，每天做完了在幼儿园的工作以后，晚上还能去快餐店打工，周末再赶一大早的地铁去七八公里外的书店收银。我想起上一次见阿花，她比上大学的时候更胖了，粗糙的脸颊有些浮肿，我们坐在地铁附近的公园里吃三明治，她狼吞虎咽，把最后一口面包塞进嘴里时，突然站起来，瞪大了眼睛，用力摇我的肩膀，她说——我快不能呼吸了。我跑去马路对面的报亭给她买来两瓶矿泉水，看她仰着头咕噜咕噜地喝完了一整瓶。她终于轻松一些，把塑料瓶丢在黄漆斑驳的座位旁边。

"我就要出发啦，半个小时后要到书店，今天要忙到十一点呢。"她说着，把那只大学时就用的黄色帆布包挂在肩膀上，像是穿上一件变形褪色的外套。

我看着她的背影消失在地铁口的人流中，就像一滴水汇进了茫茫大海。

我同马超讲过阿花的事。我说你看人家阿花做事就很有准备，她毕业以后一直非常努力地工作，累得内分泌失调也不肯停下来歇歇。马超说，那宁可少做些准备。马超总是这样，他身上有一股盲目乐观的劲儿，有时候我觉得这就是没有上进心的典型表现。大学毕业的时候，海城核电站来学校招聘，全物理系就要两个人，参加招聘的人一直排到物理系钟楼外的人工湖边，马超通过了笔试和面试，但他最后却放弃了。面试结束的那个下午，我们在学校食堂吃三块钱一碗的鸡丝凉面，马超说核电站的工作太累了，他不想去。他笑嘻嘻地说，我还是找个轻松一些的工作，比如海城大学图书馆的管理员这种，每天就坐在图书馆里，指挥学生把书一本本放好，或者扫描那些被借出的书，我觉得再好不过啦。

我在海城读研究生的三年里，马超做了不少工作，他去过一家私企，每天有写不完的数据和报表，有时要去别的城市出差，检测设备。后来马超辞职了，因为他说他实在受不了在不合格的设备记录表上写下"合格"的字样，还要工工整整地在旁边写下自己的名字。马超辞职的那个下午，就打了举报电话。丢了工作以后，马超去手机体验店做讲师，讲设备的操作方法，帮着顾客下载使用一些聊天和游戏软件。但马超做了半年，又把这工作弄丢了。后来有半年多的时间里，马超都待在出租屋里写剧本，写小说。但他投出去的稿子往往是石沉大海，没有回音。

毕业的时候，我和马超仍然是海城的两个穷光蛋。我们租不起一居室，只能和别人合租，租的是芳青公寓里的一个十三平方米的卧室，合住的还有其他三家。主卧里住着一个三十多岁的女人和她的胖丈夫，那女人叫徐晶，每次他们吵架，徐晶抱怨和谩骂的声音尖利得就像是受惊的山鸡伏在我的耳朵边尖叫。他们在海城已经十年多了，但依然没有买房子。客厅里被中介用木板打了一个隔断间，里面住着张姐和她十三岁的女儿。张姐常常在黄昏敲响我们的房门，她手里端着饺子或是五香鹌鹑蛋，殷切地说送给我们品尝。她的女儿从来都是低着头沉默着穿过走廊，接着狠狠地关上房门。住在门口储物间里的是一个老太太，她只有在夜深时才回来，有时半夜里我醒来，耳朵贴在枕头上，能听见她来来回回踱步的声音，趿拉，趿拉，冗杂而又漫长。张姐说那老太太是来海城打工的，她儿子快结婚了，但女朋友提出非要在港城市中心买房才肯嫁人，他儿子都抑郁了，差点活不成，现在也不知道老太太攒了多少钱了。

有些微凉的海风里，我的耳边又响起那个老太太的脚步声。我的双脚已经站在温热的沙滩上了，海水还带有午后阳光的余温。我在海边看到几只面包海星，它们自在地随着海水漂浮，不像退潮时那样拱起尖尖的肉棘，拼了命地往海水里移动。我没有看到紫色的海兔，我也不知道是否能找到它，一把捉住它。我有些失望，这半月来，我总一次又一次地抵达子藏岛，沿着海滩寻找紫色海兔，咸涩的海水把我的双脚泡得肿胀疼痛，我常常被海风吹得眯了眼睛，脊背上也被太阳暴晒开了皮，那些死去的干皮大块大块地从我身上掉落。但我从来没见到海兔。

天色倏忽间就黑透了，马超已经舒舒服服地在帐篷里躺下了。他事不关己的模样让我难过，我熟悉他这样的淡然神态，就像半个月前的那个下午，我从诊室里走出来时一样。

我依然清晰地记得半月前那个下午的每个细节。诊室的门敞开着，阳光从窗户里蔓延到地板上，空气里，有一些灰尘正轻轻飘浮。那个年轻的女大夫正耐心地同一个头发斑白的女人说话。那女人问下个月可以安排手术吗？医生说可以啊，今天就能预约。那女人一脸茫然，陷入了深不见底的沉默。医生倒是很有耐心，她安慰似的说，你别担心，因为你其他的器官都还不错，所以我才建议你做这个手术。本来像你这个年纪，我们并不建议做切除。但切除以后，对身体的影响也不是很大。而且你也不用再生育了，所以也没有这方面的担心。女人有些木讷地又问，对身体影响不大吗？医生想了想说，影响肯定是有的，毕竟是要切除身体里的一个器官，但是就这个年纪来说的话，切掉子宫保命还是值得的。

女人在诊室里坐了很久，她忧心忡忡地随时发问。医生在她停下来的空隙里叫到了我的号。我拿着那张印着黑色字迹的号码单和化验单，走到医生身边。那女人直僵僵地站起来，瘦削的身子随时要倒下去，她转身慢慢走到门口那儿倚靠着，像是嵌在门框里。

"我想预约这个月的手术。"我说得干净果决，没有丝毫犹豫，仿佛是已经经过了漫长的深思熟虑。

"可是这来之不易。"女医生看着我，白皙的脸颊上有些短小的汗毛微微竖立。

"我实在没有做好准备。"我想起每个夜晚闹钟响起，我从床上跳下去，跑到桌边吃药。马超也认为有药物的作用，我们完全没有必要担心什么，那简直比中彩票还要难，我和马超从没中过一次彩票。

"那你要考虑清楚。"女医生诚恳地告诫我。她关切的目光让我觉得我不得不开始考虑结婚的事情。但我和马超在一起的这七年，似乎从来没有认真地思考过这件事情。马超从前也提起过几次，不过我都觉得还不到结婚的时间，还是自然而然，水到渠成最好。马超说什么时候你觉得是水到渠成了呢？我想了很多次，甚至我还拿出了笔记本和笔，认认真真地写下我的思路，但思路总是越整理越乱。我想等我们在海城买房子了，或许就能考虑结婚的事情了。那时候我们就回老家去，把爸妈都接到海城来，他们愿意看孩子或者去跳广场舞，都行。我还想着我得有自己的车，我总不能让孩子和爸妈跟着我天天挤公交。但这些都需要钱，我和马超还是两个穷光蛋。而且，就算再过去五年，我们俩或许仍然是海城不多不少的两个穷光蛋。

我也像阿花那样工作了一整个秋冬。除了在辅导机构教那些叽叽喳喳的小孩拼音课，剩下的时间里，我在天桥上卖那些花花绿绿的皮筋和鞋垫，我去餐馆里洗碗刷盘子，一直到我也和阿花一样内分泌失调。我开始大把大把地掉头发，床单上，地板上，桌板上，到处都有死去的长发，它们干枯发白，没有一点儿光泽。马超说这样的生活简直就是在玩命。后来，那些没日没夜兼职赚来的钱都换成了一服服中药。

我简直不能忍受马超。那个下午我把医生的话转告给他，他却嬉皮笑脸地说这或许就是到了我们往前迈一步的时候了。我说我已经预约了手术，手术单我都取了，马超突然就变得严肃起来。他说阿一你真的没有必要担心很多，这件事其实很简单。我觉得他不能体会我的感受。

马超说——你最好再考虑考虑。我在疲倦的思索中不停地做梦，每一次我都梦见自己登上了子藏岛，我在岛上沿着沙滩寻找那只紫色的海兔，我很想一把就捉住它。夜晚的海风很大，我走在海滩上的时候不得不佝偻脊背。我想找到那只海兔，在没来得及看清它的样子前，就把它埋在子藏岛上。它紫色的轮廓让我感到茫然，让我想起隔壁徐晶无休止的争吵，想起张姐的女儿看我时那种凛冽的目光以及储物间里夜夜响起的脚步声。

这一晚，我走到马超身边去，掀掉他身上的薄被子。马超有些生气，他坐起来，在海风里，像是一只刚被拔出地面的萝卜。我说你不能总是这样把问题丢给我一个人。马超说，我们根本就找不到紫色的海兔，关于子藏岛的传说也只不过是个传说。即使找到了又怎么样呢，也不过是一只普通的海兔罢了。即使我们找到了，并且把海兔埋葬了，那么直到我们死去的那一天，我想埋在岛上的海兔依然会让我们时时陷入自责愧疚之中，不是吗？而且归根结底，以后会让我们自责的绝不仅仅是一只虚无缥缈的海兔。

我想起手术预约单被马超锁在了抽屉里，他扳着我的双肩恳求，他说——你再考虑考虑。那些合租的夜晚，我听见储物间里的脚步声，像是在我的脑子里跶拉跶拉地来回过。隔断间里的张姐又在抱怨，她说你爹靠不住，没想到你这个小的也没啥出息啊。她絮絮叨叨的抱怨声嗡嗡嘤嘤，令人心烦。

坐在海风里，海水层层叠叠地涌来。夜晚的海面上升腾起些

　　　　　　　　　　　　　　　　　　　花园荒芜　|

许雾气，远处的海面，模模糊糊，看不分明。马超坐在我身边，他的手搭在我肩膀上，就像平时在出租屋时那样。雾气里，马超和周围的一切一样潮湿。我感觉到他的温热的嘴唇靠近我的耳朵，丝丝热气冒出来，黏腻腻的。马超说，——，你知道毕业的时候，那个核电站的工作我为什么没去吗？他们问我有没有女朋友，未来的规划是怎样的，因为那个工作每隔几年就要换一个地方，我觉得你或许不肯跟我一起走，那我就只好留在你身边。马超还说，我希望今晚我们也找不到那只紫色的海兔，——，这或许就是自然而然，水到渠成。

刺鼻的油烟气息在身边游走，马超说我们该回家了。我从不记得自己是怎样去往子藏岛的，在就要醒来的瞬间，我的眼前又浮现出子藏岛上的那片海滩，一只紫色的海兔正在浅水湾里游动，它只有手指那么长，但比手指要更圆润一些。它在红色的潮水中自在地游动，机敏而又愉快。它的身子呈现出婴儿般的深紫色，表皮上像是有些蓝绿色的血管正在生长。我伸出手想摸一摸它光滑的脊背，但它倏忽间就消失在红色的浅水湾里了。

本文发表于《广西文学》2021 年 2 月刊

你见过海兔吗？

雪山闻道

　　车子行驶在茫茫无际的戈壁滩上，天空正一点一点地亮起来。司机说方才经过了大地之子，只是天色昏暗，还看不清楚，我推了推滑落到鼻翼的眼镜，望向窗外，尽是混沌，眼前依然是一片向着远方绵延的灰黄色，我把目光收回，缩回到胶皮般的大衣里，车里有一股混合着汽油和口气的暖意，清冷凛冽的风透过缝隙不时袭来，我忍不住战栗。

　　这一次的目的地是"X号"冰川，冰川周遭的风沙大漠和雪山景象，最初出现在我的梦里。在半年之前，那时候，地坛公园的柿子还没结果，梦境之中，我出现在一片沙漠中的峭壁之上，双手吃力地扒着峭壁，随时要跌落崖底。荒漠中有一片古城墙静默地伫立，城门上有几个看不清晰的大字，似乎是要提示我人生之路的秘诀。

　　醒来后，我把这个梦告诉了师父。师父说，该去一趟大漠和冰川。或许，我能找到答案。师父说这话时，我不以为然，觉得师父是着相了，陷入在一些头脑的幻象之中，变得神神道道。关于神鬼一类的说法我是不太相信的，我读过《梦的解析》，也知道梦的成因。况且从去年夏天开始，梦境对我来说就像是一本翻不完的书，没有那么准确的暗示性，就像是日常的种种，破碎又斑驳。只要入睡，那些神秘的境界便会在脑海中渐次跳出，有时，我会看见我和阿枣就坐在一个昏暗的小饭店里，他比从前更沧桑了，看上去像一个三十多岁的人，头发也是白白的一层，他不说话，我一直诉说他离开后我有多么难过，多么想念，但他很快就消失了，我还站在原地，心中充满了无力，甚至恨意。也有时，我看见阿枣还好好地站在我面前，一切都像没有发生过，没有痛彻心扉，没有生死离别，只有波澜不惊的日子和生活在人世间的我们。

师父说我总是想得太多太多了，要能够做到如如不动才好，就像《金刚经》的结尾说，一切有为法，如梦幻泡影，如露亦如电，应作如是观。师父说这些的时候，我总是信服地点点头，但我知道，我根本做不到，就像师父的心里也总是忘不了那个清冷的早晨，每每说起，他总是叹气，眉头紧蹙，胸腔里充盈着气愤与委屈。

师父的痛楚，我懂得，至亲的人离开，就像把身体里的血和肉剥离开，鲜血淋漓，痛入骨髓。

去看看冰川，或许能有答案。师父说了很多次。他说，我早晚要带你出去看看，最该去的地方就是"X号"冰川。但我从未放在心上，一则是因为它实在遥远，离我的生活太远，这二十八年的生活里，我几乎没有走出过自己家乡的小县城；二则因为名字实在含混模糊，在地图上也根本无法定位。至于在冰川能找到答案的说法，更是显得无比荒诞。我总觉得那是一处很缥缈的地方，就只存在于师父三言两语的描述中和漫无边际的想象中。

但是，我们还是在一个秋日的早晨出发了。太阳还没出来的时候，下了一阵蒙蒙的秋雨。师父说这是个好的预兆，这次一定有所收获。自从去年夏天以后，我的生活已经堕落到谷底，从来不想什么事情对我而言可以算作好事。事实上，这一年来，我饱受身体和情绪的双重痛楚，刺痛的后背，颤抖的双手，红肿的眼睛，以及时不时发紧疼痛的心脏。身体上的反应倒也还好，最令人难以忍受的是来自念头的折磨，我陷入了对生活的巨大疑惑与失望之中。仅有的生活经历告诉我，我的人生轨迹应该是努力读书，考学，走出大山，然后在城里有一份体面的工作，再找一个知冷知热的爱人，抚养一个孩子，孝敬我们的父母。事实上，我也一直为这个目标在努力。但这一切我曾经以为正确的轨迹在去年夏天的那个早晨戛然而止。那个早晨太阳和往常一样升起，那个早晨与其他任何一个早上都没有什么不同。但这一年来每次回想那个场景，我意识到自己对阿枣，从最深的眷恋变成了越来越深切的责怪。

在那个早晨以后的一个月，师父来到了我的小院。那时他刚刚做完了一场手术，是出院后的第一天。我依然记得那一天我穿着一套半旧的运动服，上衣的领口那儿还起了一层白色的毛。他同我家里的大人依次握手，在一阵激烈的狗吠中，他穿过人群，径直走向了我。他的目光深邃，面容平和，慈悲地坐在我的对面。

"都会过去的。"他看着我说。母亲哭泣着，嘴里发出激动的含混声音，父亲的叹息连连，这些声音交织在一起，这是去年六月的旋律，阳光从小窗的缝隙照进来，师父的话如同几个掉落在地板上的硬币，清晰又沉闷。

这一年的时光里，师父总对我说，都会过去的，一切早就该结束了。这些话，每一次见到他，他都会说一遍。他说不是我不坚强，而是我一直不懂生活的真相。一开始，我有很多的问题，譬如为什么我和阿枣是这样的一种结局，再如这样的境遇，我的日子究竟该如何过下去。师父静静地听着，沉思着，有时不说话，有时说话也是说，都会过去的。

我开始阅读史铁生。我开始习惯去公园走走。我想象着那样一个有理想有抱负的青年，在他生命最朝气蓬勃的时刻里，却

花园荒芜　│

生了严重的病，从此便被命运的锁链束缚着，在痛楚之中寻找一些忍耐的毅力与无可奈何的努力。人总是比自己想象的要更加坚强，倘若这事发生在别人的身上，评论也总是试探着想象。直到生命的无常发生在自己的身上，才发现，似乎没有更好的办法，生活有时并不给人选择的机会，我们只能硬着头皮往前走。但史铁生的书我却不敢太沉浸地阅读，我发现，只要一读，我就如同一个溺水的人，在执着的思绪之中不断沉没，直到意识混沌，心如刀绞。

司机似乎是在绕路。他从 A 州车站接上我们时，说路程不过两百里。然而车子在黄沙漫天的道路上奔驰了四个多小时，却还没有走出总路程的一半。他布满皱纹的双眼不时瞥向后视镜，观察着我们的反应。只是这几百里的路程跑下来，周围早已荒无人烟，我打开手机，没有信号，没有网络，我们断绝了与外界的联系。

师父已经沉沉地睡去，这一路的奔波，对他来说实在辛苦，他要养精蓄锐，积攒住身体里的能量才能抵达冰川。我看着他倚靠着冰冷车座的背影，心里想，这段路途的艰辛或许正如父母至亲离开他后他独自奔走的路。往事不可追，关于那个清冷的早晨，我是听别人叙述的，在那些支离破碎的叙述中我逐渐地还原了那段尘封的往事。

生老病死爱恨别离，这是每个人生命里的必修课，我终于在一路的颠簸中开始看到生活的真相。只是从前，我总觉得那些悲伤的事情是发生在别人身上的，与我无关。多少次看着手机里的新闻，慨叹别人境遇的无常与遗憾，当无常真的来到了自己的身边，才发现原来人生自有其狰狞残忍的一面。这样说似乎也不对，按照师父的说法，这是一种因果，每个人来到这世间都背负着自己的因果。我有时明白，有时也想不明白。

去年夏天，在无限的困惑之中，父亲曾带着我奔走于街巷间的算命先生家中。我也听闻了许多的说法。他们说我前世是个男人，因为嘴馋，吃了一个深海的鱼头，而那条鱼，刚好是阿枣的前世。还说得亏我只吃了一个鱼头，倘若多吃一些，把鱼身子之类都吃了，那我和阿枣之间还会无休止地纠缠下去。现在倒是好的结果。

师父说我大可以去掀掉算命先生的摊子，因为胡说八道是要造口业的。我也这样想，觉得自己当时居然没有站起身来走到他身边掀翻摊子简直是太窝囊。但那时的我，早已疲惫不堪，别人说的话，我都信，也不信。

天还没有亮，车子沿着河床高高低低地行驶，颠簸抖动，我的头都要磕到车顶板上去。在这样的颠簸之间，我掏出手机，翻看出发前保存的那张冰川的照片，当然，那不是 X 号冰川，而是去年夏天，阿枣离开以后，我更换的那张作为头像的照片。

照片上是一片灰黑色的茫茫雪山，雪山的山顶上有一片若隐若现的冰川，有个身着卡其色大衣的女孩正静默地站在那儿注视着雪山。那张照片清冷又哀伤，师父曾建议我换一张明亮些的照片，但是又有什么关系呢。

大漠里的太阳是从地平线上升起来的。那太阳金黄、硕大、炽热，与它对视的那一瞬间，我热泪盈眶。

和阿枣认识的第一个月，他也曾邀请我去海边看日出。那时候也是秋日，黄海海边的风已经很冷，我依然清晰地记得其中的每一个细节，从学生宿舍出来，在通向门口的走廊玻璃那儿，就看到一个消瘦却挺拔的身影站在宿舍楼外。我加快脚步奔向他，阿枣穿着一条米黄色的裤子，一件黑灰格子上衣，他的五官轮廓分明又深邃，令我着迷。

多少个日夜里，我们就像第一次在海边看日出时那样，携手并肩地往前走。阿枣曾说他会永远陪伴在我的身边，不离不弃。我对他的承诺深信不疑，我也曾自以为是世界上最幸福的人之一。但回忆越是温暖，现实却越是失落绝望。阿枣离开以后，我的世界再没有过真正的太阳。

我身边的长辈建议我去找一个心理咨询师，他们怕我会因为这事儿留下深切的后遗症。但我实在厌倦了那些所谓的情景还原疗法，我早知道的，想要把我从那个残酷的场景中拖出来，冷静地旁观曾经发生的一切，那不可能，我太了解我自己。我选择遗忘或压抑。所谓的加强体育锻炼、磨砺心志的说法我也听得厌倦，不想再多听任何一次。所谓锦上添花，前提是有一块锦缎做底子，而今生命里早已没有了锦缎，又谈何说及那些细枝末节的东西呢？

我不断地坠落噩梦的深渊。师父说我应该多读经书，把《华严经》《法华经》都好好地读一读，还说，我也得跟着他去一趟冰川，在师父看来，我们师徒俩都病得不轻，必须得去一趟冰川才能好。他断定我们此次冰川之行一定是有用的，能够断除曾经发生的一切的悲伤故事。

车子依然在前行，风声如同野兽的呼啸，蕴藏着某种不知名的力量。走到一处宽阔的地带，司机放慢了车速，指着外面的那片荒漠对我们说，这就是他的牧场了。虽然我一路只字未提，但司机却似乎知道了我的心事，他转过头来对我说，这就是牧场，他天天都赶着群羊从这儿经过。见我没有回应，他透过镜子搜寻着我的目光，我听见他说，妹妹，你看，这是我的狗，专门看护羊群的。

果然，一只藏獒般的狗奔向车子的方向。那只狗的体形很大，看上去非常健壮，栗色的毛掺杂在脊背的白毛之间，毛色油得发亮。一群白色的羊在荒漠里熙熙攘攘地走着，不远处还有一个小房子，那是放补给与工具的地方。

"很自在吧？"我问他。

"自在得很。"他语气轻松地回应。

"无拘无束。"我感叹道。

"也并不全是。"他停顿了一会儿，这样说道。

司机并未提及自己的家人，只是在看到自己的羊群和狗时流露出一些亲切的深情。他微笑的背后似乎也是一团看不清的深渊，就像我身后的那片空虚一样，我同样感到了他的缺失与沮丧。但我什么都没有说。我想师父也定是知道他的故事，他们是老相识了，但师父问候他时也从未提起过所谓的家庭或是亲人。

我看到那些羊的耳朵和背上都涂了红色的条形标记，它们似乎只管低着头走路和吃草，并不用关心其他的事情。司机把车停在路边，下车朝着羊群走去，那条壮硕的大狗围着他兴奋地跳跃和奔跑，在阳光之下，一人、一狗、一群羊、一片戈壁滩，就像是一幅大漠里的画卷，徐徐展开。

或许是开门的冷气让师父苏醒过来。他坐直了身子，也望向窗外。师父的病已经一年多，这些日子里，他头晕脑涨，双脚绵软无力，有时我与他说话，他总在打哈欠，看上去很是疲惫，像是一个流浪了很久却无法停下的人。我知道他心里的苦楚，虽然我们经历的事情不同，但境遇却有着相通性，都是遗失了生命之中最重要的人，最不愿意失去的人。

我想冰川很美，从去年夏天，我一直在找寻一个地方，那儿可以让我停放疲倦不堪又伤痕累累的身心。但我总觉得逃避现实是懦弱的做法，于是我一直在努力地挣扎着，挣扎到自己觉得精疲力竭索然无味。而在我无限疲惫的时刻，我也感到了师父的落寞与沮丧。

我们下了车，沿着河床一直走，灰黑色的雪山逐渐变得完整清晰，越发地高大巍峨，像一个沉睡着的巨人。雪山的顶端覆盖着白色的积雪，司机说，那上面就是 X 号冰川了。我们一行三人，沿着高高低低的河床，继续往上攀登。高山冰川的融水无声地从脚边流过，清澈却冰冷。

是冰雪的世界！每一块石头上都沾着洁白的雪粒，大片大片的冰川无限铺展，透明、澄澈而又洁净，天空像是一块晶莹剔透的冰镇蓝水晶，散发着清冷的光芒，阳光照耀在这些明亮的冰雪上，无限地庄严而又肃穆。司机循着山路，往更深处去了，他的背影轻快但并不显得孤独，在茫茫的冰雪天地之间，他像一个自在的精灵。

师父坐下来，目光炯炯地望向冰川的更深处。我坐在师父的身边，四周是无限的寂静。我的眼前出现了阿枣的模样，他就站在冰川上的蓝色天空里，我看到他对我微笑，挥手，就像曾经无数次我们在人世间的相逢。我多想拥抱他，告诉他我多想他，但我睁开眼睛，只看到一片纯粹的蓝白色在天地之间纵伸蔓延。只有风吹过耳畔的声音，只有无限的开阔与寂寥，我突然感觉到自己正行走在那一道纯粹的蓝白色之间，天地无垠，偌大的天地间，我只看到了自己的身影。就像做了一场梦，再想到阿枣时，他变得渺远，直至虚无。我看到许多人，他们曾经与我相伴过一段时光，但他们的身影逐渐消失在渺远而又阔大的雪山深处。

我的脸上是一片温暖的潮湿。师父转过他那波澜不惊的脸庞，看向我。目光依然深邃而慈爱。

"好些了吗？"师父浓密的睫毛翕动，目光纯净而舒适，就像刚苏醒那样。

"嗯。"我点点头。

风吹动着细碎的微雪在蓝天中奔走，雪山纵深的山谷里寂静无比，司机在河堤的最平坦处自在地坐着，指尖的一点烟火星光明明灭灭。

"师父，我想，阿枣是我生命里的善知识。"

"是最大的善知识。"

愤怒的海星

在黑暗中醒过来的意义，那凄凉出发的意义，在拂晓前凛冽空气中划船的意义，都使我的眼睛加倍地沉重起来，使我越发战栗。我展开双臂，颤抖地打了个哈欠。

——卡尔维诺

金桔还是决定再去一趟灵芝岛。

近来，她又在吃脑清片了，那些小小的、圆圆的白色药片让她觉得自己的咽喉里时时刻刻都蓄着一股苦涩的味道。她拉开脚边的抽屉，最下面的一层，白色的塑料药瓶整整齐齐地摆放着，一排一排，列队一般。她苦笑，或许血液里都流淌着这些令人短时兴奋而又躁动的药粉了。

那个小岛的航拍图一直在她的脑海中萦绕着。图片在旅游广告弹窗里一闪而过，她甚至没有来得及看清旁边备注的文字。那张图片映入眼帘时，她刚结束了一天的工作，瘫坐在电脑前。她办公室的那台电脑已经坏了很久，似乎从一年前的冬天，她来到这公司时，电脑就是坏的。屏幕暗淡，想要看清上面的字，就必须费力地眯起眼睛，盯着字一个个使劲辨认。看不了几分钟，眼睛便又干又涩，还伴着一股股的胀痛。但她一直没提交报修，因为报修单要备三份，分别交给服务中心主管、教务部和后勤。这其中免不了要费口舌。如今，同别人打交道，她是不愿的。于是她便让电脑坏着，自己也就将就着。

她素来不怎么关注电脑屏幕上弹出的广告框。平日里，她总会习惯性地把弹出的无关信息都随手关掉。但那一天，她却盯着广告框里的图片看了很久。那是一个三面环海的岛屿，在棕黄色的混浊海面上，它显得那么渺小，甚至有点儿可怜。一点一点的深绿在岛上不规则地分布着。除此之外，是大片大片的浅黄色。从广告的角度来说，这个图片无疑是失败的，它显得模糊黯淡又荒凉，完全没有通常旅游广告宣传的碧海蓝天情调。但在看到它的那一刻，金桔觉得这个小岛似曾相识。

没错，它就是灵芝岛。

她去过这个小岛，不止一次。

她记起，最近一次去灵芝岛，是在去年冬天，空气干冷，北风从身边呼啸而过，扫过脸颊时，她觉得脸上紧巴巴的。那一次，同去小岛的人还有方平。

出门是因为忍受不了父亲无休止的抱怨。去年初春，因为车祸，她左腿膝盖的副韧带撕裂。终日躺在家里的床上，大夫说，在家休养两个月就好了。但两个月过去以后，她依然不愿下床。最初的两个月，母亲每天都会在吃饭时间到来，给她带来温热的鸡汤和蓬松的馒头，又或是清淡的小炒。但渐渐地，母亲变得烦躁不安，她的脸上蒙着一层灰土般的焦虑。她总是忍不住对她说，桔，你别这样，过去的事就过去吧，咱们的日子还得向前过啊。

绝大多数的时间，她都陷在一种低落情绪里。她的病不像是普通的感冒，在那时，她常常会异常地羡慕那些感冒发烧的人，尤其是急性发烧的人。因为他们的病有明确的病因，尽管起烧的过程是痛苦的，但这烧总是会退下去的。能好。不像她，

　　　　　　　　　　　　　　花园荒芜 ｜

终日总感觉自己发着低烧，头晕目眩，但却始终找不到治疗的办法。

她的病给原本就拮据压抑的家增加了更多的烦扰。父亲是老实巴交的摆摊人，很多时候，他站在人来人往的市场里，总不知道自己的双手要放到哪儿。背在身后一会儿，接着又放到肚脐旁边，还是不适意，便索性插到口袋里去了。他总希望能够通过埋头努力而使原本艰难的生活好一些。但实际上他一直都没能过上自己心中理想的生活。而且随着日复一日的劳作，他似乎离自己理想的生活状态越来越远。他焦虑难安，转而把改善家庭的希望放在了金桔的身上。去年初春，金桔突然遭遇车祸，终日待在家里。父亲每天收了摊子回家都会发一通脾气，他无来由地对着妻子发火，嘴里时常还跳出些污秽的字眼，那些字眼如同一些飞旋着的刀刃，透过房门，刺穿她的耳膜，直扎到心脏中去。

那些养伤的日子，金桔把自己关在屋里，她听够了父亲那翻来覆去的抱怨，但每次当她一鼓作气地走到门口时，即将推开房门的手却总是倏忽间就停在了空气中。

终于，在一个北风凛冽的傍晚，她从父亲刺耳的抱怨声中解脱。在头晕目眩之中，她走出了家门，一直走到黄海的沙滩那儿。她枯坐了许久，直到柴油拖拉机载着一条半旧的棕色木船驶向海里。拖拉机咚咚咚地向前，在湿润的沙滩上留下两道粗重的痕迹。她站起来，向着大海的方向走去。准备驾船出海的是一个年轻的男人：简洁干净的寸头，微黑的圆面颊，细长的眼睛，一口洁白的牙，还有海边渔人特有的微弓形脊背。金桔看到他的一瞬间，心里竟有了几分依赖感。这让她自己也感到有些惶恐。那男人说自己是金沙滩的渔民，正准备出发去灵芝岛。

多久能到呢？

日落后。

我可以与你同去吗？

年轻男人迟疑了一会儿，拒绝了金桔的请求。他解释说海上很危险，运气不好的话，还会遇见风浪。

我会游泳。

没有用，就算是水性很好，一旦落水也可能找不到方向，靠不了岸。

金桔不再说什么，只是望着海的远处出神。

年轻男人又陷入了沉思。他的目光来来回回地打量着金桔的周身，而后停在金桔的眼睛上，他盯着她望，似乎是想要看透眼前的这个女孩究竟遭遇了什么挫折。随即他转身望了望小山后的天空，那儿云霞灿烂，红彤彤的太阳斜挂在天空的一角，就要坠落到大海里。那一刻，海风也平静得出奇，几只海鸥正沿着浅滩处起飞。他摊摊手，无奈地笑笑说，好吧，我平日里出海，一个人也无聊。

小木船在浩大的海面上晃晃荡荡，它显得太渺小了。小得跟海上偶然漂来的一块绿色海藻一样，没有任何的自保能力，只能随波逐流。她坐在小木船的一侧沉默。年轻男人说自己叫方平，是土生土长的金沙滩人。他每隔一段时间都会驾船出海。金桔没有接话，方平便紧接着说下去。他说去年初春的一个夜晚，在灵芝岛上，他目睹了一场车祸。受伤的是一对情侣，男的滚到山坡下面去了，满脸是血，他发现那男人的时候，那男人已经没了气息。在一棵松树下，他又发现了那个受伤的女孩。女孩的腿受伤了，身边的地上有许多散落的血迹。她的意识也不太清楚，嘴里一直含混地嚷着。或许是在呼唤那个已经死去的男人，她可能不知道那男人已经死去了。

金桔感到肠胃一阵阵地痉挛，她努力地想要把蠢蠢欲动的呕吐咽回去。这样的呕吐感也常常突然就侵袭。但她实在不想给别人招惹一些麻烦，在她看来，一旦呕吐，把自己身体里的污秽都倾泻出来，那必然引来嫌恶的目光，别人还得手忙脚乱地帮她清理那堆呕吐物。她自己都觉得恶心，又怎么好麻烦别人呢？所以她强迫自己，咽下去，咽下去。胃里似有翻江倒海的污浊浪花涌来，她一次次将口腔里的污物重新咽回去。方平关切地问她是不是晕船了。她微微地点头。方平说，要是想吐就朝着大海吐吧。她面有难色地望着他。方平又说，这点呕吐物对大海来说不算什么，你还来不及看清吐的是什么，就会被海水稀释得无影无踪。

是吗？

你试试。

金桔趴在木船边上，将昏沉沉的脑袋伸出去。海浪缓慢地涌来，推着小木船升高，再轻轻落回低处。她终于再也忍不住咽喉的那股热浪，一股脑地将它们倾吐出来。她闭着眼睛经历这难堪的时刻，发着低烧的脑袋沉甸甸的，她感到窒息而又疲倦。等她终于觉得身体里已经没有多余的东西可吐了，这才挣扎着想把身子扯回木船里。方平见她不吐了，这时也伸出手来拉她回来。她觉得身体轻飘飘的，伴着四面八方袭来的海浪，木船在晃，她也在晃。方平拧开一桶淡水，浇在一块干净的白毛巾上，他递给她，说，擦擦吧。

小木船在海里漂摇，金桔分不清它究竟是在往哪个方向去。每个方向都是海水，海水。海水从四面涌来，海水向四面奔去。他们偶尔会邂逅几只舞蹈着的水母，也有时会被几团细长的海草纠缠。在杳无边际的海面上，这些邂逅只是擦船而过。天色渐渐暗淡下来的时候，金桔开始有些不安。尽管从家里逃离出来的时候，她确实觉得厌倦了生活，觉得生活毫无乐趣，甚至想到了最坏的打算。但那些情绪不知道怎么的就被逐渐地消解了，就像是前一刻她还忍在喉咙里的污物，在这一刻已然被大海所稀释，再无踪影。

我们是往哪个方向去呢？

我们往东。

天要黑了。

是要黑了。

她的目光望向方平，他坐在船板的另一边，擦拭着用来做饭的一只小汤锅。他的双手很大，仿佛两手一合，就能把小汤锅盖得严严实实。他发现她正望着自己，便问，要吃海星吗？说着，他弯下腰去，再站起来的时候，他提溜着两只深紫色的海星。海星还是活的，尖尖的肉腕是五把肥胖的剑戟，像一种笨拙的防御。骨板上蠕动着密密麻麻的橙黄色棘。那些棘透明、充盈而又柔软，此起彼伏地伸展。

"能吃？"金桔看着那些波浪般的触角，不禁陷入了沉思。这是她第一次见到活的海星，在此之前，海星只存在于图片和科普知识中。她一直以为海星只有观赏和装饰的用途。在她的写字台上，摆放着一个半球形的琉璃摆件。透明琉璃壳里有一汪浅浅的水，水中浮着一只火红色的鱼，沉在水底的，是一枚小小的、橘黄色的面包海星。她时常把它放在手里细细地看，也时常将它翻转，注视着那汪浅水缓缓地从这头流淌到那头。她想起那些遥远的画面，付玉把琉璃摆件送给她的时候，他的眼睛里晶晶亮，闪烁着点点微光。付玉曾无数次地用这双闪烁着星光的眼睛望着她，她觉得他永远都不会离开。付玉计划带她去灵芝岛上拍婚纱照，他的想法总是与众不同。他还说灵芝岛上有一座老旧的灯塔，他很想带她去看看，沿着那些古老的石阶一直往上爬，看看灯塔里面是什么样的。

方平往小汤锅里倒了些淡水，那两只海星被他暂时搁置在小汤锅旁。它们微微地拱起身子，试探着向前蠕动。跟琉璃半球里的海星还是不一样的，她想。它们是鲜活的，有充盈而新鲜的肉感，有敏感而柔软的棘。小锅里的水吐着小小的气泡，方平切好了一小撮姜丝和小米辣，熟练地放入锅里。

最好再来点芥末，只是我早上出门匆忙，没来得及带。方平有点儿沮丧。但他很快就恢复了好心情，像是说给金桔，也像是在自言自语，他说，这样也好，汤水能保留原来海货的鲜味。小汤锅里的水渐渐冒出了白色的蒸汽，咕嘟咕嘟。方平又重拎起那两只海星，他的大手拎着海星的一根肉腕，顺着锅沿儿放。海星的坠落是自然而然的，事实上，它没有任何的攻击力，也做不到基本的防御，虽然敏感，但又柔软无力。

海星一被投入水中，肉腕立即向上弯曲，将腕尖探出水面。它们虽然没有大脑，但是却一定感受到了疼。方平手里拿着一把翻菜的小木铲，动作很轻但却很坚定地按压着海星卷起的肉腕。那些肉腕看上去变得坚硬了，仿佛再用力些，它们就会纷纷破碎，甚至会像断裂的粉笔一样发出咔的脆响。金桔觉得这两只海星大概已经死去了，它们的身体姿态是僵硬的。它们在小汤锅里，身体紧紧地靠着，它们的腕想要搭在彼此的腕上，看上去像是两个挣扎着要拥抱在一起的人。

她用一种恳求的语气同方平说，还是不要煮它们了吧，很残忍。方平似乎没听清她的话，天色黯淡，海水的尽头是比海水淡一些的浅黑色。夜晚的天空黑得可怕，尤其是那些没有月光的夜晚，一切都笼罩在浓重的黑暗之中，看不清路，看不清身边的人。如果能有一点光的出现，那或许能给黑夜中无助的人一点希望，但是没有，这注定是一个她将不愿回想的夜晚，夜是一只狰狞的兽，对着人间大张开幽深的嘴。

金桔的眼睛里充溢着无边的黑色。方平在船上挂起了一盏微黄的灯。灯光淡淡的，被风吹得发抖。小汤锅里，气泡咕嘟嘟地开始升腾。两只海星已经分开了相互缠绕的肉腕。其中一只海星仰面朝上，密生的棘已经不再如此前那般灵活地伸缩与蜷曲。另外一只海星显得活跃，它的周身向上拱起，离开水面，五条肉腕浸在水里，如同人类的肘。

它还活着。她说。

方平用小铲子把那只弓起身子的海星打捞出来，放在船板上的冷水里。

你好像很在意这两只海星。方平说。

但是它们就要死去了。

不，它还能活。方平用小铲子指了指船板上的那只海星。它依旧拱着身子，肉腕蜷曲着支撑身子。它的身体姿态是愤怒的，防备的，尽管它已经寸步难行。方平把小汤锅的水倒到海里，然后拿起一把一指长的小刀，渐次划开了那只舒展的海星的肉腕。

这些绿色的肉都可以吃。他一边说，一边用小刀将肉腕上的皮翻到一边去，刀刃便剜起了绿色的肉。他用刀刃挑着那些肉拿给她吃，金桔摇了摇头。深黑色的海面上浪头跌宕，让人心生恐惧。四下里，除了黑色的海水，便是不知何时又起的海风。

我们要在海上漂一夜吗？

不，我们去灵芝岛，再不多久就到啦！

她的目光向远处漫溯。头还是有些昏沉，胃里的抽搐一阵一阵地翻涌，但早已经没有什么好吐的东西了。她不记得近来几餐都吃了些什么，似乎也很久没有进食了。这种头晕目眩的感觉，像是已经在船舱里躺了几个昼夜。她甚至开始怀疑自己是被人投到这小船上来的还是自己主动要跟来的。事实上，她常混淆了现实与梦境，之前所有的关于灵芝岛的记忆，都是她一睁开眼睛，自己就已经躺在灵芝岛上了，至于是怎么到的，又是怎么离开的，反而记不清了。

黑暗中的大海失去了距离的度量，小木船即使一直在行驶，金桔也不知道此刻自己已经漂在了何方。只知道自己正置身于一片起伏的海面上。她在这海面上好像已经漂浮了许久，到处都被黑暗包围，找不到突破的方向。她试着在船舱里躺下来，耳朵贴着船板，她听见海水呼呼地涌来，像是去年初春，她躺在岛上的松树下时，耳后不停流淌出来的血。

灵芝岛四面都是海吗？

三面环海，一面接着陆地。陆地上没大有人居住，你知道的，就是个野岛。

岛会不会被海水淹没呢？

没有被海水淹没过。倒是常常有些人，会来这儿游玩。他们大多为了灯塔而来。这岛上人迹罕至，知道这儿的人也不多。

危险丛生的岛屿。这岛屿是港城旅游项目中的一处景点。当地的渔民用摩托汽艇载着海边的游人从沙滩栈桥出发，迎着海浪激流勇进，一直开到灵芝岛，倒也不登岛，只是远远地望见灵芝岛便准备返程。没有渔民会将汽艇再往里开，因为灵芝岛附近，有一道看不见的暗流。岛上只有一条小路，狭窄陡峭，到处是低矮的松树和灌木，人迹罕至。小路通向一座灯塔，原本是为远航的人引导的灯塔，已经废弃很久了。暗流汹涌，吞没了数十条渔船，灯塔在那儿，有时，也成为一种错误的引导。在海上，这灯塔的出现是突然的。天气晴好的时候，人们从海滩上望过来，能隐约看到那灯塔的局部。但更多的时候，那儿什么都看不见。这使得港城的许多青年都对这灯塔感到无比好奇。

船就要抵达灵芝岛时，海上的风突然更大了。她听见似乎有人在唤她的名字，但海风强劲，还没听清，声音就散尽了。她使自己躺下来，身体贴近船板，感受海水的波动。浪头袭来，她叫出声来，一种压抑的状态就要被冲破。但很快，那些唤她的声音再也听不见了，一切又复归平静。

我们就要到了。

这样的"即将抵达"的状态，金桔已经经历了许多次。回想起来，每次就要登岛的时候，她的记忆总是中断的，她怎么都想不起来，后来在灵芝岛上到底发生了什么。记忆总是停在那个瞬间：付玉站起来，在黑暗中伸出双手摸索着，一边用颤抖的声音问，桔，你在哪儿？

她躺在那儿，海风从耳边呼啸而过，但海风之外，她还听见了一种声音，是血流淌的声音，它们从耳后的伤口里淅淅沥沥地涌出，余温与腥味儿夹杂在海风里，直蹿进她的鼻腔。

我没事。她微弱的声音在海风里瑟瑟发抖。她听见付玉跌跌撞撞地找过来，说，没事就好。她看到他朝她伸出了手，但她一动也不能动。最后，是他整个身子倒地的闷响。

既然灵芝岛下有暗流，灯塔点亮也不过是误导了海上的人。她说。

金桔躺在船板上，正是因为她和付玉在海滩上散步时，远处若隐若现的光使付玉入迷，他才想着拉着她去灵芝岛。然而，他们奔向小岛的那个夜晚，灯塔并未亮起，小岛上一片黑暗。整个晚上，四周都是无边无际的黑，没有一点光。她知道他伤得更重，因为他倒地后，就再也没有了声响。

没有希望的夜晚。他们的帐篷、零食、饮料散落一地。就快要抵达灯塔了。从前，总是隔着一道海水，他们隐约地望见小岛上的那座白色灯塔，从来没有上去过。原以为，没有小船愿意去到岛上，他们也只能远远地望。直到付玉在港城地图上，发现原来从另一个方向的陆地可以直接走到灵芝岛上去。此前他们远远望见的那一面，只是灵芝岛环海的一面。这个发现让他们兴奋了许久，他们决定从陆地上登岛，在那个天气晴好的春日傍晚，他们出发了。

方平努力地使小船不被海风掀翻。金桔的目光望着那盏灯塔。灯塔还未点燃，在黑夜里，它像是一个伫立在岛上的沉默的人。一道移动的黄光在小岛上明明灭灭，是摩托车的灯光。

她的心不免紧张起来，目光紧紧地盯着那团黄光。她看到它高高地飞起而后落入山间，熄灭。她知道岛上的山崖里躺着两个受伤的人，她催促方平，快一点，再快一点。

他们在岛上来回寻找，也没找到受伤的人。到处都是荒凉的海滩，除了他俩之外，再没有别的什么人。她站在山崖边上，呆呆地望着浑黄的海水。夜晚静寂，她躺下来，听到轻微的潺潺流血声和艰难的喘息声被海潮一次次地淹没。

桔，你还好吗？声音断断续续地在她耳边回响。

我没事。她回应。她动不了，只看见，远远地，海面上驶来一艘挂着灯的小木船。

方平坐下来，手里拿着那把锋利的小刀，对着那只卷曲的海星的肉腕划了一道。那条紫色的肉腕便滚落下来。

它像是很愤怒。金桔若有所思地说。

对生活的愤怒吧。谁不是一只被生活烹煮的海星呢？方平苦笑。

它活不了了。疼，也要疼死。金桔的目光又跌进黑暗里。

能活，海星的自愈能力比壁虎还要强。

方平把那截紫色的肉腕抛进大海里，他说，它肯定能活得好好的，而且不是这么残缺不堪地活着，是重新生长出其他四个肉腕，生龙活虎地活着。

已经有一个夏天和一个秋天的时间，不曾梦见过灵芝岛了。

愤怒的海星

去年春天的那场车祸后，金桔回到自己的家乡，那个内陆小城，远离大海的地方。但在梦里，她却总是一次又一次地接近那个小岛。她的卧室很小，床的旁边就是一扇窗户。那次车祸后，她的精神总是不好，父母看得心焦，求人算了一卦。算完后，父亲就从桃林里砍回来一段桃木，削成木板嵌入床边，做成了一截桃木窗台。她清醒的时候，就去窗台上坐着，窗外是一间杂草蔓生的废弃老屋，离灵芝岛上的那座废弃灯塔很远了。

她总在父母的争吵中从梦境中挣脱出来。就当她一次次地在无边无际的海面上迷失之时，父亲的抱怨总那么尖锐地刺透梦境。父亲说生意萧条得很，今年地里的收成也不好，是个荒年。父亲说集市东头那家新出摊的会做买卖，见谁都是满脸堆着笑，别人骂了自己还要赔笑，咱们可学不来。父亲说，趁着地里没下雨，咱们去打打药，除除草，秋上收点小米回来。

生活里的痛苦远不只有刚发生的灾祸。还有琐碎的日常和艰辛的谋生。她还是决定找一份工作，去年初冬时，她进入了港城的一家辅导机构，给一群刚上中学的孩子辅导语文功课。入职的第一天，她认识了同是辅导老师的方平。

方平每天都会送她回家，一路上同她聊天。她不怎么说话，只是静静地听方平说。他一直喋喋不休，期冀着能引出她的只言片语。她虽然没有主动提起过，但方平却知道那次事故，去年初春的夜晚，他同朋友一起去灵芝岛上，试图点亮那座废弃的灯塔。在走近灯塔的路上，他们救下了一个受伤的女孩。金桔入职的第一天，她穿了那件深蓝色的连衣裙。他一眼就认出了她。

去年冬天的那个傍晚，他伴着她一直走。天阴沉沉的，没有月光。他能感觉到她的脚步凌乱而又不安。黑色的夜如同无尽的海，在眼前绵延，他迟疑了一下，还是问道："你知道海星吗？

即使只剩下一条肉腕，它也能重新长出完整的身子，就像没受过伤一样地继续活下去。"

本篇发表于《上海文学》2019 年微·虚构栏目
收录《上海文学》2020 年增刊

留　仙

一

白小雨跟着父亲白墨润搬进蒲院是在五年前的一个黄昏。

院子紧挨着柳泉、蒲亭，那两处是清代蒲松龄老先生收集民间奇闻逸事常常待的地方。四方周正的柳泉长年涌水。蒲院门口的小道上，每隔半里就有一个茅草亭。亭盖下放着一张方桌、两把长椅，长椅上有草编就的坐垫。亭子一侧挂着已斑驳的木牌，泛黄的牌子上用行楷依次写着聂小倩亭、婴宁亭、连琐亭……草菇状的蒲亭沿着蜿蜒的山路往蒲老先生的坟茔处漫溯。

蒲院依山傍水，但却荒芜了许多年。蒲庄本地的人家没有敢搬到院里来住的。庄里人私下传言，几年前这大院里是住着几户人家的，日子过得如同门前流淌了几百年的溪水一样充满活力。但临近新年，仅仅一个月的时间，蒲院里却接二连三地出问题，算命先生围着蒲院的地基转了两圈，阴沉的脸色如同夜晚蒲亭上亮起的煤油灯，幽幽暗暗，不甚分明。临走时，他声音低沉地告诉庄里人，这个院子被北山的狐仙姑看上了，它们一家正住在院中，就让仙家留在这长住吧，人都挪挪地方。蒲院的门口，摆上了一张赭色的桌子，桌子上摆着果盘和香炉。紫铜香炉里插着三支高香，香头在夜空下发出明明灭灭的光，像是狐仙儿在夜里探出的眼睛。燃烧的纸钱吐着橙红色的火舌，舔红了蒲院的脸，那些藏匿着的黑色的角落像是被扯下了遮羞裤，在火焰中炙烤。蒲院的上空似乎有一个无形的黑洞，不断地吸吮着黑暗中的点点光亮。

蒲院荒芜的头几年里，杂草从砖缝里钻出来，蓬勃地生长，院子里长满了大块大块的苔藓，像是皮肤病人裸露在空气中的胳臂。蒲庄里开始流传着一种说法：蒲院留仙不留人。

六年后的一个早晨，白小雨背着书包走出屋子。东方的天空红得醇厚。天刚蒙蒙亮，院子里已经站满了人，他们都是来找白家隔壁的医生看病的。医生妻子面无表情地打开门闩，她的左眼如同豆腐脑，苍白而浑浊。许四娘在蒲院一角的灶边熬着中药，药香在清晨的空气里如同阳光一般地弥漫到医生的屋前。阳光从东方照过来，白小雨看到神婆那干瘪的手伸向灰色的窗帘，而后，灰色的窗帘就完全阻隔了正在蔓延的阳光。独身男教师锁住了门，他的目光瞥向院门口，那儿此刻并没有什么人，白小雨看到教师的脸似乎又苍白了一些。他同白小雨同行，走出院子。在院子门口，他们遇见了一个长发女人，她单薄的衣衫贴在身上，显出丰满的轮廓。额角有几丝垂下来的长发，衬得眉眼越发清秀。许四娘端着药渣出来，她把砂锅里的药渣都倒在街道中央。白小雨回过头来跟她打招呼，一枝槐花从墙上探出枝丫来，映着白小雨微笑的脸颊。白小雨看见长发女人的眼睛正盯着许四娘平坦的小腹。

二

许四娘是在白小雨失踪三年后走入神婆家中的。尽管五年多的时间以来，许家和神婆家同住在一个院中，但她在此之前从未踏进过神婆那终年昏暗的小屋。神婆的屋子坐北朝南，每日清晨阳光变得逐渐强烈时，正对面的许四娘透过贴着婴儿图的窗户看见一只干瘪而苍白的手正将窗帘徐徐拉上，灰色的窗帘如同蔓延着的尘土，生硬地隔开了院子里闪闪发亮的阳光。

许四娘轻轻地推开了斑驳的褐色木门，门吱吱呀呀地响。她在走进屋里深处的过程中，闻到了一股浓烈的香燃烧时发出的味道。这味道十分醇厚，令许四娘觉得自己正身处北山的寺庙之中。但她依然在这令人镇定的气味中嗅到了几丝若有若无的、断断续续的气息。这气息里有被褥久潮的霉味，也有年迈人的尿骚味道，甚至还有尸体行将腐烂的气味。许四娘因这气息突然打了个寒战时，神婆已经站到了她的面前。神婆的目光在昏暗的小屋里闪闪发亮，她的脸上没有皱纹，头发却白得彻底，是经历了打击后一夜便愁白了头。她似乎早已知道许四娘将会虔诚而无奈地走进她的小屋。许四娘跟在神婆身后，穿过水泥铺就的外间，走向里屋。屋里空间不大，灰土般的窗帘是未到正午就拉上了的。许四娘站在里屋里，显得有些局促不安。神婆在一张八仙桌旁坐下时，许四娘的屁股也坐到了正对面的一张小木床上，坐下的那一刻，她看到里屋北面还有两扇门，门都上了锁。

那张床是给蒲院里的仙家坐的。你坐在上面，仙家会怪罪的。神婆那两道绿莹莹的目光定格在许四娘那坐扁了的屁股上。

许四娘腾地就从床上站了起来，并立刻离开了那张床，她在神婆白骨似的食指的引导下，坐到了一只圆面高脚的凳子上。

许四娘颇带几分尴尬地向神婆倾诉自己的苦恼。神婆默然无声地坐着听，脸上的表情如同已经死去一般，偶尔眨动的眉梢向上的眼睛，证明她还活着。

火柴盒被取出，神婆用藤蔓一般的手打开了火柴盒。三枚布满尘垢的圆形方孔古钱被递到许四娘面前。

　　　　　　　　　　　　　　　　　花园荒芜　|

晃三次，扔六次。神婆的声音带着灰色的尘土扑面而来。

古钱在合拢的手掌中相互碰撞，发出清脆的响声，像是三年前的每个黄昏时分，白小雨跑进院子时，书包上的红铃铛叮叮当当地响。

许四娘看着神婆用白瓷碗从水缸里舀了半碗凉水放在桌上，又从抽屉里取出一个火柴盒，小心翼翼地从中捏出三枚酸枣枝上的短刺放到碗里，一枚扔进水中时，立刻沉到碗底去了。另外的两枚则悬在水面上，像两个飘忽的尸体。

神婆点燃一张黄表纸，用手拎着一角，置于瓷碗上方。纸灰簌簌地落到水中去了。在这之后，神婆端起碗，含了半口水。许四娘听见神婆嘴里呼呼的声音，像许老四早上漱口的声音。

神婆把水吐到地上。水被灰尘裹着，如同一个个油珠子躺在地上。神婆踩着拳头大的双脚，弯下朽木般的身子，捡起一枚酸枣刺放在桌上，对许四娘说，种子没成器，对你是好事。你还是早些离开这，往南头去吧。

好事？许四娘不解。

好事。神婆道。

往南头去？许四娘又问。

南头。神婆点点头回应。

南头正是我的娘家。

许四娘带着几分狐疑从昏暗的屋里走出来，像是神婆嘴里吐出的那枚酸枣刺。她不懂什么周易八卦，但她记得，神婆用蘸了水的手指在布满灰尘的桌上从上到下画了六根线，一五是两根断线，其余则圆润而完整。

许四娘走回自己屋时，看到白家紧锁的屋子里仍然亮着灯。北边紧挨着神婆家住的医生与白小雨几乎是同时失踪的，医生的妻子每日清晨坐在院子里的石阶上发呆已经有三年。紧挨着许四娘家住的独身教师几乎同时与许四娘并排站到自家门前，他们之间隔着一个人横躺下的距离。这让许四娘想起这半年来，一到晚上躺在院门口大青石上的长发女人，她总对许四娘投来带着敌意的长久凝视。独身教师的脸色近来越发苍白了，像是刚从墙壁中走来，他朝许四娘微笑地点点头，身影闪入了隔壁屋里。

三

五年前，医生和妻子搭着一辆蓝色卡车，携带着破旧的家具住进了蒲院。他们住在了神婆隔壁的屋子。医生长得清瘦，但是双目炯炯有神，年逾四十的脸庞上呈现出桃粉色肌肤。他是中医，自学成才。平日里都是他望闻问切后，开出一张龙飞凤舞文，由他的妻子从墙上立着的一排排抽屉中取药。医生妻子的左眼呈现出豆腐渣般的浑浊。她的左眼是瞎的，五年前的除夕之夜，她失去了那只原本明亮的左眼，那时，她的脚边有一支烟花棒正喷涌着金黄的焰火。

医生来到这院子里，不到一年的时间，蒲庄便陆陆续续有前来问诊的病人。蒲院留仙的传说再加上多年行医的经验很快使医生在庄里拥有了良好的口碑。医生那仄狭的小屋里每天都站满病人。小屋里挤不下了，便向院子里吐出几个。再后来，院子里也开始站满等候看病的人。医生在门口贴了一张纸，上面用黑笔赫然写着：星期一全天不看病。

白小雨是在两年前跟着父亲白墨润走进医生的小屋的。那时，小屋里站满了人，白小雨走进屋里的时候，恰好碰见许四娘，她的手里提着几包中药，脚底生风一般地从医生屋里走出来。白小雨和父亲站在靠近门口的位置，医生朝白墨润微笑着点点头，这算是邻居之间打过了招呼。白小雨穿着一件粉色的外

　　　　　　　　　　　　　　　花园荒芜　|

套，在一众沉闷灰暗的屋子里，她站在那儿，像是一棵正在扎根的桃树。

医生正在给一位从四十里外慕名而来的中年妇女看病。女人的皮肤黄中沉淀着黑色。她的手腕向上放在一个拳头大小的淡蓝色麻布面枕头上。医生修长的手正放在她的手腕上。

上次开的药回去用完有什么不适吗？

药洗完了以后多少有点痒。

起红疹子了吗？

有。

我看看。

医生让中年女人躺到门口的一张小床上去。床面是皮革的，女人坐上去时，床发出了噗噗的两声响，那是裤子摩擦皮革发出的。医生走近小床，伸出两只骨节突出的手扯住隔帘。微黄色的隔帘徐徐拉开。白小雨的目光跟着隔帘的运动转了半个圈，而后目光便被锁在了那单薄的隔帘上。

屋里的空气沉闷而安静。一个男人开始剧烈地咳嗽，他的脸通红，手放在胸口轻轻拍打，像是要把那负重的肺咳出来。他身旁坐着一个少妇，少妇怀里一个瘦小的如猕猴般的婴儿正闭着眼睛沉沉地睡。那个男人开始咳嗽以后，少妇的脸上生出几分嫌恶，她的身子生硬一扭，扔给男人一个后背。

两分钟以后，医生从隔帘后面走了出来。他摘下自己白色的手套，洗了洗骨节突出的双手，重新坐回到桌旁。

女人一边系着裤带，一边坐回到医生身边的凳子上。

回去接着药洗，每天洗濯两次。医生递过一张写着字的甘草纸。

女人点了点头，拿起药方，走了。

白小雨坐到医生身旁时，周围又是满满一屋子等待的人。医生仄狭的小屋里，从来不会缺少排队等候的病人。

哪儿不舒服呢？医生的眸子闪闪发亮。

小屋里的目光来回碰撞，白小雨却并不理会。她的脸上挂着天真的笑意。与医生对望中，她说道，从过了年到现在来过两次月经。头一次是刚过完年，量很多，颜色鲜红，当时觉得肚子疼得厉害……

白墨润的脸已然同炉里烧红的铁块，他轻声说道，闺女你小点声说。

医生笑笑说，没事，看病就得说清楚症状。

四

独身教师这半月来总是噩梦连连。

这一日，天还未亮，他再一次大汗淋漓地从梦中醒过来。坐在床上，他像是一根刚被从地里拔出来的胡萝卜。这样持续的梦魇，于他，已经是第二次。第一次是在五年前，那时他的妻子躺在医院的重症监护室里，他是从签下病危通知书的那晚开始每晚的噩梦的。噩梦一直持续到他与妻子从同住的那个小屋里搬出来。来到蒲院之后，有近五年的时间，他的睡眠是安稳的。可是，自从半月前的一个夜晚开始，噩梦又每晚侵入他的睡眠，令他苦不堪言。

他坐在床上，掀开窗帘的一角，东方的天空已经有些泛白。他下床，穿好鞋子，步伐沉重地叩响了神婆的屋门。在门口，他碰见了正从神婆屋里走出来的白墨润。白小雨失踪已有两年的时间，白墨润在这两年里迅速地衰老，此时，独身教师看着他，就像看着一个七八十岁的老人。

神婆早已起床。他在那个圆木面板凳上坐定。桌上放了两碗

　　　　　　　　　　　　　　花园荒芜　|

稀饭，两根香椿芽咸菜，两个鸡蛋，两双筷子，两把汤匙。

还没吃饭？

正要吃，一份是我的，一份给院里的仙家吃。

神婆敲开了蛋壳。他开始讲述近半月来他的噩梦。我总梦见有个长头发女人掐住我的脖子。有两次，我感觉自己就快要被掐死了。醒来之后，我一整天都感觉胸口闷得厉害。

你看清她的脸了吗？

没有，她总在我身后。

神婆把筷子伸进鸡蛋壳里，饱满的鸡蛋正被她用筷子一点点地掏空。

她把鸡蛋壳放在桌上，他看见，蛋壳里干干净净，没有一点阴影。

你现在就像是一颗鸡蛋。神婆说着，又拿起碗里剩下的那个鸡蛋，磕破了顶端的蛋壳，用筷子剜了一块蛋白出来，说，这样下去，不出一年，你的大限就到了。

他惊慌地问神婆有没有什么办法。神婆把两个蛋壳放在一起，用藤蔓一般的手指指向第一个蛋壳。

农历四日，去北山看望故人。带七十五炉香，百张黄表纸，黄表纸用百元钞票打一遍。

然后，藤蔓蔓延到第二个蛋壳。

遇到长发女人时，不要回头，不要停下。

独身教师从神婆家里出来时，脸色红润了许多，他的手里拎着裁得齐齐的褐色香和一沓黄表纸。

他往自己的小屋走去。这时他看到从院子外面走来一个女人，已是初冬时节，她却只穿着单薄的衣衫。长长的头发胡乱扎在脑后。这两年来，他总碰见她。但是他说不上她的名字。从她的打扮上看，他认定那是一个可怜的女人。皱皱巴巴的衣服紧贴在她丰满的肌肤上，乱发下却生着一张极为清秀的脸庞。快到门口时，他忍不住想再回头看她一眼，但神婆的告诫此时在他耳边如同风一般呼啸起来，他打开了屋门，快速地走了进去。

五

三年前的一个星期一，白小雨没有去学校。她遭遇了人生之中的第三个经期。每当红色温热的液体澎湃汹涌而来，她都觉得自己就像是站在血红的腥气的江水中，江水越涨越高，直漫过她的脖子。她的身体站不稳，一次次地呛水，挣扎。偌大的天地间，她发疯似的喊痛，但却孤独而无助地一次次沉溺下去。

这一次，绞痛的来袭是在凌晨。她在疼痛中醒来，辗转反侧。漫长的黑夜里，她睁开潮湿的双眼，眼前是死一般的黑暗。黑暗中，血红色的潮水向她一波波地涌过来，她惊恐地发现自己就要被这片血红色淹没了。她睁大了双眼。持续的腹痛使她低低地呻吟，汗水从她紧蹙的额头上流淌下来，濡湿了白色的被头。

白墨润给女儿做完红糖蒸蛋便出门了。他对女儿的痛经无能为力。女儿第一次痛得在床上打滚时，他仿佛看见了妻子生前每次痛经时候的挣扎情状。妻子是在十八岁那年嫁给他的，他至今仍能清楚地回忆起妻子痛经时额头蜿蜒爬动着的青筋。对女人的这种事情，他无能为力。他想起母亲还在世时那张爬满皱纹的脸，母亲曾告诉他，女人痛经死不了，等生了孩子就没有那么痛了。他对母亲的话深信不疑。婚后的第二个月，他就使妻子怀了孕，十个月后，在一个小雨缠绵的湿冷的夜晚，妻子死于难产，留给他的是一个嗷嗷待哺的婴孩。

白小雨在床上挺尸一般地挨到中午。她的脸色苍白，如同练习簿上的白纸。坐在床上，她看见医生家的窗户上挂着厚厚的窗帘。

她在单薄的睡裙外披了一件棕黄色的外套，趿拉着毛茸茸的拖鞋，敲开了医生的屋门。门被缓缓地打开，许四娘手里提着包好的一串中药从屋里走了出来，她鬓角的黑发被开门时的冷风吹得凌乱。

"今天没去上学？"医生的声音带着几分缥缈混杂在白小雨的耳朵里。

"肚子疼得厉害。"白小雨在医生对面的太师椅上坐下。

"每次来这个都痛得想死。"白小雨脸色苍白，像是刚从身后的白色墙壁中走来。

医生拉开小桌一侧的抽屉，一个褐色的粗糙纸包被取了出来，医生骨节突出的两只手打开了纸包。

这是布洛芬，止痛效果比中药快。

一杯温热的水被推到白小雨面前。

她把两片没有温度的药片放在舌头上，轻轻吞咽，像是咽下一口唾沫。

你不用温水就能把药吞下去？医生盯着白小雨那张苍白的脸。白小雨咧开嘴巴冲他笑了，脸颊有绯红的光。

白色的药片变成粉末在她身体各处游走，不到一刻钟，她就觉得疼痛确实减轻了很多，像是柏树上密密麻麻站着的嘶叫的乌鸦一哄而散了。

医生打开液化气，煮了两碗面。

吃吧，我也没吃早饭。医生把面条端到白小雨面前。

婶子不在吗？

她去北山了。

六

这一日，是白小雨母亲的忌日。白小雨从来没有见过自己的母亲，她啼哭着来到这个世界的同时，她的母亲正艰难地咽下最后一口气。

白墨润在这天的清早走向庄里的门市部，他回来时手里拿着两包油光纸包装的桃酥。父亲出门后，白小雨也出了门。她手里攥着五块钱，推开了神婆家那两扇厚重的木门。木门吱呀吱呀地往两侧后退。几只灰色的麻雀应声匆促地飞远了。屋子里弥散着一股香火燃烧的气息。白小雨走进了烟雾缭绕的小屋里，一边轻声唤道，阿婆，你在家吗？

无人回应。此时，院子里的公鸡还在昏昏欲睡，初冬的清晨，天透着蒙蒙的灰黑。

她穿过外屋，直走到里屋去。里屋的八仙桌上摆着鲜果，谷色的三个香炉里，几根细长的香正齐齐地燃烧，香头明明灭灭，如同躲在暗处一直眨动的眼睛。白小雨坐在圆面凳子上打量屋里的摆设，这屋里收拾得再简单不过了：靠近门口的是一张破旧的木床，床单是青色的，长年的搓洗已经使那青色淡得发蓝。床对面摆着一个八仙桌，桌子已经破旧，看上去像是已经用了几十年。桌面上整齐地摆放着香炉、果盘、火柴盒。桌子旁边立着一个半人高的碗柜，黄漆已经斑驳。柜面上凌乱地摆放着一双筷子、一个瓷碗、一把汤匙。

白小雨等了近半个小时，神婆依然没有出现。白小雨突然发现里屋的墙上有两扇一米高的小门，门半掩着。她猜想神婆此刻可能在里面睡觉。想起父亲交给她的事情，她还是决定叫醒神婆。她站起身来，双手伸向那两扇紧闭的屋门。

推开门的瞬间，一股厚重的霉味扑面而来。神婆坐在一张小

　　　　　　　　　　　　　　　　花园荒芜 |

木床旁，正给一个全身赤裸的男子擦洗，她佝偻的背在十五瓦的灯光中显得越发变形，如同一个移动的坟包。他躺在那里一动不动，一节竹竿似的脖子顶起一颗硕大的脑袋，他的皮肤苍白，毫无光泽。

白小雨此刻站在门口，她感觉到自己是这般不合时宜。她看着神婆那藤蔓般的双手伸入冰冷的不锈钢盆中，毛巾在水中渐渐舒展开来，如同少女的白色胴体漂浮在水面之上。神婆面无表情地拧着毛巾，拧着少女洁白的胴体。毛巾上的水分渐渐失去，变了形的躯体被放到赤裸男子的身上，一寸寸地亲密接触着那毫无生机的病体。

阿婆，我来买上坟用的香和黄表纸。

躺在床上的男人在黑暗里向白小雨投来几丝暗淡的目光。白小雨看到那虚弱得游离着的目光触碰到自己时闪闪发亮。

七

许老四是许四娘的丈夫。他是村里地地道道的庄稼汉。五年前，他带着许四娘从二百多里外的村庄来到这大院里，搬家是在一夜之间。许四娘不明白丈夫为何那么急切地要离开。对这件事她只开口问过两次，每次丈夫的回答都带着浓郁的不耐烦，如同夏日午后的声声闷雷。

问问问，成天问这么多干啥，说了你也不懂。

许四娘不想引出闷雷之后的风雨交加，于是她始终得不到答案。

许老四想要个儿子。

他跟许四娘相好时，就成天把"给我生个儿子"这句话挂在嘴边。结婚后，他们天天晚上云雨，许老四不曾偷懒耍奸，许四娘也正是如狼似虎的年纪。尽管如此，许四娘的肚子却始终没有动静，平坦如故。许老四带着许四娘去县城医院看病，中药西药买了一大堆，钱花了不少，两人依旧没日没夜地拼命，然而，许四娘每月的例假依然准时来到。

一天夜里，许老四瘫软地躺在床上。许四娘脑袋搁在他胸口。

这就是我许老四的命。

你别灰心，上次咱们去县城里拿回来的中药还有四包没喝呢。

你喝了那药，有啥感觉没有？

感觉身子重了些。

你这月那个来了没有？

没有。

迟了几天了？

有半月了。

真的？

许老四突然就从床上坐了起来，他的双手轻轻抚摸着许四娘光滑柔软的肚皮。

我许老四耕的地终于要长苗了。

许四娘从睡梦中醒来时，屋里弥漫着一股浓重而又熟悉的中药味。破天荒地，许老四已经早早起来，蹲在灶边，用柴火慢慢地熬着中药。熬中药须得耐心，药材洗净，放到砂锅中去，加入一锅的清水，用小火熬得只剩下一碗时，往锅里加满水。待砂锅里的药汤又只剩了一碗时，再把锅加满水，依旧用小火熬，熬到锅里只剩下一碗药汤。这时，倒在白瓷碗里的药汤便是浓稠的了。

许老四往灶里添柴火，许四娘搬来一个凳子坐在他身边。

就像熬中药一样，他许老四终于熬出个孩子来。许四娘看他，他素日里写在脸上的暴脾气都消失得无影无踪了。

许老四用抹布握住砂锅的短柄，侧锅倒出酱色的中药汤。他没有熬药的经验，所以在倒完整整一碗后，药锅里还剩下半碗药汤。

趁热喝了它。

许四娘把药碗端在嘴边，平日里，她都是一仰头就喝得光光的，这一次却犹豫着，皱着眉头道，中药苦得很。

"良药苦口。"许老四语气出奇地温和。

汤药喝到一半，许四娘觉得温热的药汤正在她体内游走，从咽喉直蔓延到全身的各个角落。忽然，下体有一阵热流涌出，她扔下药碗往厕所跑去。

许老四见她愁眉苦脸地回到院子里来。

"来事了，晚了半个月。"

许老四站起来，一脚踢翻了地上的药锅，出门去了。

剩下许四娘和淌了一地的汤渣站在一起发愣。

她决定去问问神婆。

八

医生妻子在三年前的一个黄昏走向神婆的小屋。也就是在那个黄昏，她第一次看见一个长发女人向她走过来。那女人清瘦，长发随意地披在肩上，面容清秀。医生妻子看到她的小腹微微隆起，像侧卧的一座山丘。

长发女人如风一般地和医生妻子擦肩而过。她是来找谁的呢？医生妻子看见那个女人在院子中央站住了。她似乎在犹豫，忽然她又转身，同来时一样，风一般飘出了院门。医生妻子眨了眨那只看得见的眼睛，突然她预感到，这个女人的到来只是个开始。

在那张圆面凳子上，医生妻子絮絮叨叨地讲出她的苦恼。

神婆的目光落在医生妻子那只浑浊的瞎掉的左眼上，她的眼中突然有火花一闪而过。医生妻子用右眼清楚地看到了一丝微笑出现在神婆那光滑紧致的嘴角。

你的丈夫将离你而去。

医生妻子的脸阴沉得像是要下雨。她似乎印证了自己之前的所见。她语气出奇平静地问神婆，是不是将有什么不好的事情发生在她和她丈夫身上。神婆沉思片刻，点了点头。神婆注视着医生妻子的左眼，嘴角翕动。

只有两种可能，你将被你的丈夫赶出家门，或是你的丈夫将离你远去。

医生妻子并不感到意外。从结婚那天起，她已经强烈地预感到她和丈夫终将分道扬镳。刚过去的这个春节，蒲庄的夜空绣满了绽放的烟花。刹那间的美艳，转瞬即逝。丈夫吃过晚饭就上床躺着了，他用厚重的婚被赌气似的蒙住了自己的脑袋。她站在床边，看着他蜷缩在被子里。这个场景在每年的除夕夜都会重复一次，这是第三次。

刺耳的鞭炮声震得屋子持续不断地颤抖，医生妻子浑身颤抖着走向那张床。

他和她，因为烟花而被捆在了一起。三年前，她还没有"医生妻子"这样一个身份。那时，她和她年迈的父亲生活在鲁南小镇，父亲唤她"木香"。她的家在小镇里是最为贫寒的，二十多年来，她和父亲一直生活在一座名叫"百草坪"的大山中。家里没钱，几十年来，都没能去山下盖一座房子。

三年前的一个夜晚，山里刮起了大风。那时，木香在院子里生火做饭。当她把手里最后一根柴火填到灶里时，突然听到仄狭的屋里传来沉重的一声闷响。她跑进屋里，发现年迈的父亲已经倒在地上了。她大声地唤他，但父亲毫无知觉。惊慌中，她只得使出浑身的劲儿把父亲挪到床边。清冷的夜风中，她穿着单衣，往山下的麻子大夫家跑去。

她敲开了麻子大夫家的门。开门的是一个二十出头的小伙子。他睡眼惺忪地告诉木香，他的父亲下午就出诊去了，这么晚没回来，应该是住在小镇外了，天明才能回来。木香感到绝望，她问有没有什么方法可以联系到麻子大夫。小伙子摇摇头说，他也不知道父亲今天去的是哪户人家，不过他可以跟她回家看看，也许能帮得上忙。木香无奈，只得点点头，在门外等着。

不多时，小伙子背着药箱出来了。往回走的路上，她问他，你学过医？小伙子笑笑答，我高中毕了业没考上大学，这几年在家里看我爹给镇上人开药，也学到一些。木香又问，你叫什么？他回应道，叫我阿松吧。

他们回到木香家时，木香的父亲已经没了呼吸。

那一晚，阿松陪在木香身边。他对木香说，我会帮你的。

从此，阿松一得闲便会到木香家里来。他总从山下买些肉菜上来。木香不爱说话，阿松来的时候，她便在灶边忙个不停，炒菜熬粥样样拿手。倘若是阿松几天都没有来，她便一个人坐在院子里发呆，有时也跑到山崖边去望山路上有没有阿松的身影。

木香父亲去世后的第一个春节，阿松从山下买了烟火棒来找木香。他来时，木香正坐在院子里，看山脚下的夜空。一朵朵绚烂的烟花在天空中绽放，映红了木香的脸颊。

阿松陪着木香吃完了年夜饭，在院子里燃起烟火来。木香从未燃放过烟花。阿松便手把手地教她。阿松把一个烟花筒放到地上，用香头点火后跑开。然而，烟花筒却没有动静。木香这时走过去，低下头看那烟花筒。阿松还没来得及走近，烟花筒突然喷射出火焰来，木香惨叫一声倒在了地上，她的手一直紧紧地捂着

留 仙　　　　　　　　　　　　　　　　　　　　　47

左眼。

阿松把木香带到了自己父亲身边。麻子大夫看了木香的伤，叹气道，苦命的孩子，这只眼睛算是掉了。

在那天的深夜，麻子大夫把阿松叫到屋里。

你让我娶了她？阿松突然变大的声音在小屋里游荡。

你做的错事你得负责。麻子大夫的话像是一缕青烟，从小屋中飘出来。

可我一直拿她当妹妹，阿松辩解道。

甭管你拿她当啥，出了这事，你不要她，她还嫁得出去吗？再说了，以后村里人怎么看咱家？

木香左眼上的纱布被一圈圈揭下后的第三天，阿松和木香结婚了。

从此，阿松极厌恶烟花。

九

那个黄昏，天空中突然飘起雨来。白小雨放学回来时，白墨润还没回家。她敲开了医生家的门。门打开时，许四娘手里提着几包中药走了出来。

小屋的角落里，放着一只药锅。药锅里的热气正氤氲着四散开来。

医生给白小雨递过一个干净的白毛巾，说，擦擦头发上的雨水吧，省得着凉。

白小雨从医生那白皙的手中接过毛巾，昏暗的屋里，她看到医生的侧脸格外俊朗。

婶子又出门了？白小雨问道。

刚出去。医生回应着，目光仍然盯着桌上摊开的杂志。

白小雨放下毛巾，走到门口张望。

白叔应该快回来了，你再等等吧，医生说道。

那婶子什么时候回来？白小雨问。

她刚出去，还得一会儿吧。

医生妻子从神婆家回来时，身上沾满了雨珠。她出门时还没有下雨。她走到自家房门前，推了推门，门没有开。

她正纳闷着丈夫居然在下雨天出门去了。她一边从口袋里掏出钥匙，却突然发现，门是从里面反锁了的。

她站在雨水中，一滴眼泪从那只浑浊的左眼中流淌出来。

半个时辰后，房门打开了。白小雨面色苍白地从医生屋里出来。走出门时，她看到医生妻子全身都被雨水打湿了，她的目光比雨水还要冰冷。

白墨润看到白小雨，招呼了一声，小雨，来家吃饭了。

白小雨背着鲜艳的红色书包，走向自家房门。

那一晚，大雨瓢泼中，许四娘听见医生家里传来瓷碗摔碎时的声音，她对丈夫说，医生家里不知道发生了什么事。压在她身上的许老四说道，你咋不专心，这样能怀上娃吗？

医生妻子敲开白家屋门时，白小雨还在床上醋睡。

医生妻子带着不可遏止的怒气，对一头雾水的白墨润说，把你闺女叫出来。

医生披着一件褐色大衣匆匆走来，一边拉扯着妻子，一边说道，你别闹了行不行，跟我回去。

独身男教师被院子里的吵闹声惊醒，他惊慌地站到院子里时，医生妻子正扯着白小雨的长发，一边泼妇似的骂着，小小年纪不学好，勾引我男人！男教师看到只穿了件单衣的白小雨在医生妻子手中被甩来甩去，像是一只快要死去的瘦弱的小鸡。

医生这时走上前去，对着自己的妻子，狠狠地甩了一个巴掌。医生妻子的手终于放开，她瘫坐在地上，目光呆滞。

白墨润站在一边，流着眼泪叹气道，家门不幸！教女无方！

十

白小雨和医生共同消失一年后，独身男教师仍然住在蒲院中。尽管从搬到蒲院来的第一天，他就觉得院子里有一种说不出来的诡异气氛。他渐渐开始相信蒲院留仙的说法。随着白小雨和医生的失踪，独身男教师觉得蒲院里是越来越荒凉了。早上他出门时，在院门口碰见了正要去城里抓药的许四娘。这几年来，许家两口子因为怀不上孩子，三天两头地吵架。医生消失之后，许四娘在村里别处的医生那儿拿了药，但整天吵着说不管用，后来就每个月去城里两次，说是城里的药管用。每次她从城里回来，脸上都神采奕奕。

男教师在院子门口又遇到了那个长发女人，她现在几乎日日守在蒲院门口。她的长头发油腻腻地黏在一起，发梢垂到腰部。独身男教师每次忍不住打量她的背影，她的个子高挑，没错，在他眼里，女人的身材很好。

男教师只去过神婆家一次。按照神婆的话做了之后，他果然不再做噩梦了。之前他的噩梦里频繁出现的女人是他已经故去的妻子。他忘不了结婚时，妻子在婚帖上写下的"喜今日赤绳系定，珠联璧合。卜他年白头永偕，桂馥兰馨"。妻子临终时，他在床边守着，妻子看着他，眼神里充满了嫉妒，她说道，这辈子你与我结为夫妻，我去了以后，也不希望你再找别的女人了。妻子咽下最后一口气时，他答应妻子，这辈子绝对不再碰其他女人。

神婆并不常出门，她在屋门口的泥地上种了些蔬菜。此外，她还养了两只鸡，一只肥硕又傲娇的公鸡，另一只则是总跟在公鸡身后啄食的母鸡。神婆是在五年前的一个清晨来到蒲家庄的，那年她二十四岁，背着一个破旧的双肩包，小腹微微隆起。那时的她已经怀有三个月的身孕。

在来到蒲院之前，神婆有一个世俗的名字，叫王西岚。五年前的一个黄昏，小雨飘飘洒洒。天空被一片氤氲的幕布遮盖，王西岚背着一个鼓囊囊的双肩布包，撑着把灰色的伞，来到蒲庄里。

她向身边经过的人询问，附近可有便宜的住处。直到深夜，她也没能安顿下来。在冰凉的雨水中，她经过蒲院。那时的蒲院已经荒芜了许久，院里杂草丛生，不时有野猫出没。她穿过深深浅浅的绿色蔓草，走到院子最边角的一处房屋前，轻轻推开了木门。

她刚来到蒲院的几个月，经常在式微时分出去买菜。那时，见到她从蒲院里走出来的庄里人总用一种好奇的目光上下打量着她。某天的黄昏，当她挺着沉重的肚子走出蒲院，她听见街边的两个女人正窃窃私语，那时，她才明白，原来，蒲院是庄里人口中最不祥的地方。

在她住进蒲院的第六个月的正午，她躺在屋里的木板床上，痛得死去活来。那是她分娩的日子。她早已经为自己的分娩准备好了工具：热水盆、毛巾、剪刀。在躺下之前，她在床边放了一只火盆，火盆里的木炭足够燃烧一个下午。

分娩的过程比她想象的要艰难得多，院子里的野猫似乎嗅到了血腥的鲜味，它们聚集在门口，诡异地发出叫声。她听见木门被野猫划得嘶嘶地响。每一次来自身体内部最遥远处的疼痛都让她想起那个狠心的男人。那个男人大她整整十岁，在一起的时候，他曾用他的语言勾勒出一幅美满的婚姻生活情景，涉世不深的她很轻易地陷入其中，难以自拔。当她发现自己怀孕了的时

留仙　　　　　　　　　　　　　　　　　　　　　　　　51

候，那个男人也从此消失。她于是开始生活在村里人的指指点点中，她的父亲觉得家门蒙羞，在她怀孕的第二个月，喝药自杀了。她带着肚子里的孩子，那也是她唯一的希望，离开了村子。

整整一个下午的挣扎，当她颤抖着摸过床头的剪刀，咬牙剪断了脐带，最疲乏的困意袭来，她终于昏睡过去。

她醒来时，发现自己的儿子眼神涣散，他的四肢竟然毫无知觉。

分娩之后，她不再出门。

躺在床上的儿子从未开口说过一句话。唯一让她感到欣慰的是，当儿子看见闯进屋里来的白小雨时，他的目光竟然闪闪发亮。

十一

独身男教师再次陷入噩梦之中。这次的噩梦来得更加激烈。噩梦是从三天前的那个晚上开始的。他是蒲庄中学的生物老师，每天下课，他离开学校的时间总比别的老师要晚上一两个时辰。他总是主动留下来给学生做辅导。当然，他最喜欢留下来的学生都是女孩。

他总在下课时拿出名单，点出那几个长相清秀的女孩子的名字。他还撤掉了之前班主任选好的生物课代表，他在班里打量了几圈，就把最漂亮的女孩选出来了。放学之后，他坐在办公室里靠窗的位子，不时伸头看看被他点名的几个女生有没有来。妻子还在世的时候，他就是这样，他的妻子性格又剽悍，所以经常不修边幅地跑到学校，破口大骂着把他弄回家去。

女学生到来之后，他总拿一把椅子放到自己身边，让女孩子紧贴着他坐。他经常给学生辅导同一个问题，那就是医生打针的时候为什么选择注射臀部。不论学生是否能够答得出来，他总是要把道理再讲一遍。他的手伸向女学生的大腿，他一边微笑，一边讲，要是注射在大腿这里，会怎么样呢？或者注射在手上是什么后果呢？

三天前的那个夜晚，他给学生辅导完，看着那个漂亮的课代表离开时候的背影，他突然觉得自己身上一阵燥热。经过蒲院门口时，他又看见了那个披着长发的清秀女人，她正坐在门口朝蒲院里张望。尽管此刻，神婆的告诫又出现在他的耳边，但是他的双脚却还是不听使唤地走向了那个女人。

夜色渐渐沉寂下来。女人的眼睛里突然充满了发疯一样的愤怒。然而，她终究还只是个女人。神婆在昏暗的房屋里听到了来自门口的女人的呻吟，她知道这呻吟来自谁，她的手里端着簸箕，里面放着三碗刚熬好的南瓜粥，打开了里屋门上的锁。自从两年前，她满足了儿子闪闪发亮的眼神时，她的心情突然变得空前地轻松。白小雨失踪之后，白墨润来找过神婆几次，每次都是问她，白小雨是朝哪个方位走了。神婆也总是深思熟虑一番说，应该是下了南方。两个人。当白墨润拖着沉重的脚步走出神婆的小屋，神婆的脸上露出一丝狡黠的笑。最近一次神婆看着白墨润离开屋子时，她用余光看到正走入院子的许四娘。许四娘的腹部微微隆起，她走路的姿态也显得越发沉重。

许四娘每个月都要去城里两三次。每次出门时，她的打扮总与往日在家时不同。她总换上新鲜的衣服，头发梳得熨帖才出门，完全不是平时趿拉着拖鞋，不修边幅的样子。她每次回来时也是容光焕发，脸上的神采总比往日更好看些。

神婆把发生在院子里的事情都归结为蒲院里的狐仙。她不止一次地告诉医生妻子，院子里一旦留了仙，各种诡异事情的发生都不足为奇了。医生妻子对神婆的话深信不疑，她认定院子里一定是留了狐仙，所以才让自己的丈夫五迷三道地跟一个黄毛丫头跑了。许四娘对医生的失踪也有自己的看法，她常对许老四说起，也不知道白家丫头和医生到哪儿定居去了。

十二

白小雨消失之后，白墨润陷入了深深的自责之中。他经常在难以成眠的夜里想起五年前他带着女儿搬到蒲院时的情景。他是个文人，搬到蒲院里来，本想寻求一个安静的环境，却不承想，犯了庄里人说的忌讳。他明知道蒲院里留仙的说法，但在女儿失踪之前，他从来都不相信。女儿一直很听从他的话，她是乖巧天真的，从来不曾令他灰心失望。他仍旧记得妻子难产死去的那一晚，他陷入了深深的绝望中，直到看见床上女儿的那抹干净的笑容，他才从绝望的深渊中爬出来，他伸手抱起了微笑着的女儿。

白小雨一天天地长大，她似乎从来没有生活的烦恼。直到有一天，她开始痛经。但除却痛经之外的日子，她还是快乐的。那抹干净的微笑始终绽放在她的脸上。

白小雨消失的两年里，白墨润去南方找了许多次，但总是无功而返。他开始相信神婆的话，供养狐仙，或许白小雨还能回来。白墨润请了神婆，他们在院子里摆上八仙桌，桌子上放满果盘和香炉。神婆嘴里咿呀哇呀地嘟囔着，一边烧起黄表纸。轻盈的灰烬随着秋风直上天空，白墨润坐在台阶上看着神婆，眼神迷茫而空洞。

许四娘的肚子一天天膨胀起来。她仍旧每个月要去城里，回来时手里提着几包草药。她说是安胎的药。独身男教师的身体一天天垮下去，在许四娘去城里的一天早晨，他也悄悄地跟着她出了门。许四娘坐上了去城里的那班公交车，独身男教师也跟着上车，坐在她身后隔几排的位子上。

许四娘一路婀娜地走进了城里的一户平房。一个多小时之后，她才提着药出来。独身男教师站在墙角，等着许四娘走远后，他才准备进去看病。但是，许四娘的身后还跟着一个男人，这让独身男教师觉得诧异，那男人竟然是蒲院的医生。

男教师自己乘车回到了蒲庄。他搞不明白的是，为什么医生居然陪着许四娘出来了，而且他看到医生的手搂住了许四娘的腰。男教师刚走近蒲院门口，远远地就看到那儿围了一些人。他走上前去，看到许四娘趴在地上，身子旁边有几滴血。再看时，许四娘穿着的白色裤子上有一大团正在散开的鲜血。

许四娘的眉头蹙到一起了，她的身边站着那个披着头发的女人，女人伸出的双手依旧还保持着推倒许四娘时的姿势。围观的人中突然有个中年男人说话了，唉，早就说这蒲院留仙，不能住人，偏偏有人还是要住进去。

许老四这时从院子里冲出来，抱起还在流血的许四娘，人群中分出一条路来。长发女人的目光紧紧地盯着许老四。许老四在看到长发女人的一瞬间，突然有些慌乱，他的目光闪躲着，抱着许四娘走远了。

男教师听见人群中的窃窃私语：这不是邻县许家儿子吗？以前有个相好的，结婚的时候，许家儿子跑了。听说是相好的怀不上孩子呢。那个相好的女人长得还怪俊！

神婆在小屋里盛好了三碗米饭，她早就从长发女人那忧戚又带着些许嫉妒的目光里读到了些东西。她拿出镜子，打量着自己的脸，让她欣喜的是，她的眉梢越来越像狐狸了。

每天晚上，噩梦依然进入男教师的睡眠之中。噩梦之中掺杂着回忆。在无垠的恐惧中，他突然听见院子里传来扑通一声闷响。他想起身去看看，但是那一刻他感觉到自己的心脏正加速地跳动着，他没法起来，一旦起来，没准就会猝死。

凭着声音的方位，男教师觉得，那声巨响来自神婆屋里。

十三

又是一年春节，蒲院里却早已经没有往年的热闹。许四娘因为宫外孕受到撞击死在了医院里，许老四收拾了东西之后就离开了。随着许家人的消失，长发女人再也没有出现过。医生妻子在台阶上坐了三年之后，终于在一天的夜晚，她看到了天空中绽放的烟花，于是她面带笑容地走出了蒲院。白小雨失踪之后，白墨润长年不在家中，白家门上的锁已经生了一层厚厚的锈。独身男教师依旧噩梦缠身，他已经被学校辞退了，终日躺在床上，不再出门。

蒲院里开始弥漫着一股腐烂的臭气，气味的源头来自神婆的小屋。独身男教师卧床之后，没有人来蒲院，自然也就无人帮忙去神婆屋里探看究竟发生了什么。白墨润直到除夕的晚上才回到蒲院里来。他刚走进院子，就闻到了一股腐臭。蒲庄的烟花持续不断地绽放，白墨润只觉得伤感，他独自走进了屋里，从包里取出一张放大的黑白照片。上面是他的女儿白小雨，照片上女儿依旧带着干净的笑容。

在他最后一次离开蒲院前，神婆告诉他，如果此次去南方寻找依旧找不到，白小雨很可能已经不在这个世界上了，毕竟她是狐仙看中的人。他在女儿的相片前放了一个果盘，一只香炉。然后他走向神婆的屋子。

推开门时，一股强烈的腐烂味道袭来。他强忍着走向屋子深处。

神婆倒在地上，睁大了双眼，脑袋附近有一大摊血渍已经干结成纸片状。她似乎直到死去那一刻还不敢相信自己会以这样的方式离开人世。白墨润走近她身边时，发现里屋的床上还躺着一个男人的尸体，他依旧睁大着眼睛，他的身上已经皮包骨头，几只肥胖的蛆在他的耳廓絮絮爬动。白墨润看到里屋的床边拴着一根生锈的铁链，铁链一侧曾经系在床头，另一端则已经断裂，不知所终。

白墨润突然间觉得这蒲院确实是留仙的地方，普通人根本就不应该住在这里。他走出门去，准备叫人来帮忙。当他走到门口时，肩膀突然被人拍了一下。

"爸。"身后有声音道。

他回过头来，眼前是一个生着一头白发的女孩儿，凌乱干燥的白发遮住了她的脸颊，瘦弱的躯干像是一张白纸，门口有风吹来，女孩的身子摇摇欲坠，似乎要摔倒。她的手腕上有一截锈迹斑斑的铁链。

白墨润轻轻地把女孩眼前的头发拂到一边去，他看到了白小雨的脸。依然是那张清秀的脸庞，虽然上面沾满了灰尘和泥垢。

深夜，白墨润打来清水给女儿洗脸，洗头发。

洗漱完的女儿依旧美丽，但是脸上却再无笑容。

本文发表于《山东文学》2017 年 7 月刊
2017 年爱荷华大学创意写作课程交流与展示作品

起舞弄清影

伊平从床上坐起来，如同一只刚被从地里拔出的萝卜。坐起来的一瞬间，他感觉天花板正剧烈地晃动。他闭上眼睛，等待着眼前的一大团一大团的红色慢慢消散。有些潮湿的枕头下，露出乳白色的打底裤一角，那是她慌乱中落在这里的。床边的那双白色舞鞋也随着她消失了。她又是天不亮走的，对这一点，他并不感到意外。最近的一个月，她总在下雨的夜晚到来，脚步慌乱地走进芳青公寓，站在电梯合起的门缝前，随时像是要从中逃离。她的敲门声总是很细很轻，以致他常常错过那些微弱的声响。不过他也逐渐养成一种习惯，一到天黑，他的耳朵就格外敏感，仿佛夜里等待着主人归家的土狗。现在，他甚至能准确地判断出她的脚步声，因此常常她刚一走到门边，他已经打开了门，站在那儿等着她了。

身子往床边移动时，他嗅到了她的气息。枕头上有她的几根长发，柔软地缠绕着。他将那些头发轻轻地拿起来，在手指上缠绕，他想起昨天夜里她来到这房间时的场景。她依然穿着那条绿色的棉麻连衣裙，黑色繁密的头发蓄在脑后，被扎成紧实的发髻，脚上穿着那双柔软的白色舞鞋。但即使那条宽大松垮的棉麻裙子，也不能完全遮盖住她丰满圆润的身体，他焦急地期盼着天黑，期盼着她的到来。

花园荒芜 |

桌子上躺着她留下的半个冷面包。那是小区旁边的报亭独有的一种老面包，五块钱能买脑袋那么大的一块。这种面包皮是褐色的，带着微微的焦黄色，一口咬下去，是小麦面粉发酵后的瓤，再咬下去，还是瓤。初尝时，嘴里只觉得发苦，仿佛是吃到了焦煳的米饭。但她每次来，黑色的布包里总会装着这种面包，有时是完整的一只，装在塑料袋里系着。有时只剩下了一小块，她从来不咬面包，而是用手一条一条地撕下来，放进嘴里慢慢地嚼。

四年前的初春，卓离开后，他没再跟别的女人接触过。但一个多月前，猝不及防地，她闯入了他的世界。两人相处了一个多月，竟让他觉得离不开了。他怀疑，她身边还有其他的男人。他甚至猜测她是有夫之妇，这种猜测并不是无端的臆断，而是他与她交往以来观察得出的结论。她总是小心翼翼地来到他的家，像一只夜晚才敢出现的蟑螂。她的脚步总是轻悄而又慌乱的，像是受了惊吓的野兔在山间逃命。来到他的房间里，她又总是习惯性地站在窗口向外偷偷看，确认没什么异常后迅速地拉上窗帘。

他回想起最近的那个清晨，他看着她把那件松松垮垮的绿色连衣裙重又套回在身上，觉得她整个人都暗淡了下去。他请求她多待一些时间，等天亮再走也行。但她却想都没想就拿起包走出门去了。

他吐出一串淡灰色的烟圈，同她说，天亮再走吧，安全。这夜深了，你一个女人家，路上不太平。

她推开门，回过头来冲他莞尔一笑，轻声地说，天亮了我就走不了了。

她的话恍若《聊斋志异》中的绿衣女鬼说的，见不得天亮。尽管与蒲留仙老先生是同乡，但他却不曾仔细地读过《聊斋志异》，一来文言晦涩，读起来文字障碍太多，许多文字常常是一知半解。二来他从不肯相信世间的鬼神之说，尤其是在城市里生活得久了，他越来越觉得那些水泥钢筋之间根本没有鬼神的藏匿之地，从前脑海里听过的鬼神之说依然还是古老的造型，与当下日日匆匆忙忙的世界显得格格不入。

但他对她的生活充满了好奇，尤其是当她不在自己身边的时候。

雨水飘飘洒洒，她的身影没入了长途公交车站。

她依旧穿着那身绿色的衣服，走路时显得小心翼翼，不时回头看，确定没有人跟踪后才接着往前走。大巴车开动，她坐在靠窗的位置，满身疲倦地将脑袋倚靠在灰尘飞舞的车窗上。窗外的景物飞逝而过，汽车转弯的时候，他站在检票口那儿，向她坐的那辆车望过去。两人对视的那个瞬间，他突然有些恍惚。他没必要出现在这儿的，因为他们的感情还没有到那种要在车站依依惜别的地步。她早上出门时，他假装酣睡，脱下的衣服丢得到处都是，铺展在地板上的外套像是个张开手臂的人，牛仔裤的裤腿无精打采地卷着，像是夜晚时蜕下的皮。她的衣服也扔在床上，出门时，她只穿那件绿色的连衣裙。

他喜欢看她穿各种颜色的衣服，有一次，他在衣柜里翻了很久，整个人几乎要一头扎进衣服堆里面去。她坐在床的另一侧撕着老面包吃。翻了一会儿，他索性把整个衣橱里的衣服都抱出来，堆在床上，有几件衣服从他怀里掉落到地上，她捡起一件五颜六色的背心递给他，他惊喜道，就是这件。

他当即就让她换上那件彩虹一样的背心，那件背心尺码刚合她的身材，她穿在身上，凹凸有致，仿佛这衣服原本就是她的。她嗅到衣服上淡淡的郁金香香水气息，清淡渺远。她还喜欢给他做饭，锅碗瓢盆都是她每次来的时候陆陆续续带来的。他没有自己做饭的习惯，平日里吃饭多是下楼去快餐店买一些吃的回来，有时不想出门，索性就泡个方便面。他看着她叮叮当当地炒菜做饭，想起卓还在的时候。那时，卓也是这样忙忙碌碌，每个傍晚，小屋里都弥漫着饭菜的厚重香味。

自从卓离开以后，他再也没有在家里用过火。他会做简单的炒菜和面条，从前卓总说他口味重，做得咸了。现在，他觉得忙忙活活叮叮当当的，折腾半天，最后一个人吃饭，实在也没什么胃口。尤其是坐在原来同卓一起吃饭的那张三合板桌前，对面空空荡荡的，越发让他觉得难过。那张桌子已经用了五年多，最初他们租房子的时候，卓总是坐在那个白色的床头柜上，把出租屋里唯一的那个灰色凳子让给他坐。有一次他本计划出差，但台风原因，航班取消，他便折返回了家。一推开门，发现饭桌上空空荡荡，只有半碗泡开的豆奶粉。他问卓，你晚饭就吃这？卓冲他一笑，又端起那半碗豆奶喝。没做饭的房间里显得有些冷清了，他接过卓手里的碗，有些心疼地说，你怎么不好好吃晚饭。卓沉默了一会儿，回道，你不在家，我一个人做饭也没什么胃口。

卓死后，厨房也就闲置下来了。那些没用完的酱油醋八角花椒沙拉酱都被收到一只纸箱子里去，用透明胶封了口，放在厨房的灶台下面。他几乎把那只箱子忘记了。直到半月前，她问起他家里有没有可以做饭的调料，他摇摇头，但接着就想起了那只箱子。他带她走到厨房里去，打开那只纸箱子。她一一拿出来看，最后同他说，这些都过期了，不能吃了。

她再来时，便也陆陆续续地买了米面粮油往这儿带。厨房空荡荡的灶台上陆陆续续又被摆上了一些花椒大料，她做饭的时候，他常常会站在旁边抽烟，觉得一切都像是一种幻象，卓去世以后，他曾觉得这辈子都不会再有一个女人来到他身边，心甘情愿地为他洗衣做饭，还觉得这些操劳的琐事是一种发自心底的乐趣。但她确实出现了，她一边做饭一边同他说笑，仿佛自己已经是这家里的女主人。他想问她是不是已经结婚了，但张了张嘴终于还是没问，这种问题是不能轻易问的，他害怕吓跑了她。

她几乎每次来都会为他做一顿晚饭。但说实话，她的厨艺一般，口味也偏重，煲的汤多是咸口的。但她做起饭来的那股认真劲却挺让他感动。等到晚饭终于做好，两个人并肩坐在电视前，一边吃饭一边聊天时，她又突然很安静，空气里除了电视的动静，仿佛只有咀嚼的声音。

她的温顺让他时时想起自己的卓。他同卓是在大学里相识，在一起五年多了，一年前，他们在他的家乡举行了订婚仪式。他们在一起的生活平淡得像一张白纸，但却温馨，那时，大学毕业后，他在市中心的一家软件公司上班，每天下班，他从不留恋办公室，总是脚步愉悦地去坐地铁。回家时，一开门，小屋里便充溢着饭菜的香味。他进门换鞋、洗手，卓则拿着一柄长勺走到灶前给他盛好香喷喷的打卤面。他钟爱卓的打卤面，从食材上来说，好像没有什么特别之处，不过是一个西红柿、两个鸡蛋，再加上一小块五花肉，但面的味道却是独特的——醇厚、柔韧、入味。他喜欢吃香菜，卓总是会在微黄的面条即将出锅时，撒上一大把沾着清水的翠绿香菜。他总在走进楼道时就嗅到小屋里的面香。每一根面条都富有弹性，也浸透了卤子的菜汁香味，他总是不满足地把空空的碗递给卓，迫不及待地说，再来一碗。

五年前，他们刚毕业，手里没有积蓄，只得租住在十三平方米的一间次卧里。房间很小，放着一张双人床，一张书桌，一个立柜。卓喜欢读书，看房子的时候，她一眼就相中了那卧室里的书桌，因此很快他们就搬进了这厌狭的小屋里。每天卓就在那小屋里做饭，因为房间太小，卓便买了巴掌大的小锅，A4 纸大小的切菜板，两只菜盘，两只喝粥的小碗。有时，他回到家的时候，饭菜早已经做好，卓呢，则坐在书桌边翻着一本书来看。这样的瞬间总让他觉得感动，仿佛时间就停在了那静好的一刻，不再消逝。

上次她离开以后，有半个多月的时间没有来过他的家。他有些忐忑，觉得可能还是自己太依赖她了，总是想让她多逗留一会儿时光。而这种依赖或许吓到了她。她是那么胆小，走在路上左顾右盼的样子让他觉得滑稽但又有点儿心疼，她心里一定装着许多心事，他很想了解她，不仅仅了解她的身体。但或许因为他太想走近她，而使她感到不安。他想起上次她出门时，他环着她的腰，不愿她离开。她的目光转过来，正与他对视。那目光里有些空洞，但更多的是坚定，她没有犹豫地就推开他的手，拿起自己的黑色帆布包走向门口。

晚上八点，他躺在床上，肚子咕咕地叫着。书桌上有一只絮絮爬动的蟑螂，它沿着桌子缝跑得飞快，或许它是嗅到了老面包的气味。他从床上起来，穿上拖鞋，走到桌边去。那只出来觅食的蟑螂早已跑得无影无踪。他拿起桌上的老面包，那面包放得太久，早已经有些发硬，但还没有长出绿色的霉斑。他解开袋子，学着她的样子撕了一块面包下来，面包渣散落在地上，像一些干瘪的泥土。他低下头去一一捡起，扔进垃圾桶里。卓去世以后，吃饭这件事对他来说，变成了一种负担。

如今，每天下班，他总是最晚离开的那个。回到家又如何呢，也不过是守着空荡荡的房间看手机，他常常一回到家里就和衣躺在床上，甩掉脚上的鞋子，自己待着。晚上八九点钟的光景，觉得疲累就昏昏地睡去，一睁眼时，已经是后半夜。深夜的时光总是难挨的，让人觉得仿佛一切都没有尽头，他走到楼下去，从便利店买一包香烟，坐在楼下的石凳上，常常一坐就是几个小时。

他想起卓在身边时，他们一起来这小区里看房子，那时，新房还没装修，地板和墙面还都裸露着水泥，卓却显得很兴奋，从主卧跑到次卧，又从阳台看到厨房，他们终于有属于自己的小家了，尽管只有五十多平方米，但怎么说也比从前租房子要稳定很多。起码不用害怕在寒冬时分被房东赶出家门去，流落街头，也不用与人一起挤卫生间和厨房了。

深夜里，蠢蠢欲动的除了深不见底的悲伤，还有欲望。他在楼下抽烟时看见她从眼前走过去的。要不是有脚步声，他甚至没发觉正有人经过，彼时她正穿着那一身绿色的连衣裙。她的脚步悄然，他很想知道她究竟在害怕什么。

他决定跟着她。

她出发去长途车站的那个凌晨，他平静地与她告别，但脚步轻轻地跟在了她的身后。她走进电梯里时，还警觉地回头环顾，确定没人之后，才脚步匆匆地走进电梯里去。他坐上了旁边的电梯，比她慢了六个楼层。这一晚小雨飘洒，没有月光，夜黑如墨。她依旧慌里慌张，像只夜晚出来觅食的绿鼠，她弯着脖颈往前走的样子更显得怯懦，跟在他身边时的状态完全不同。他在情意正浓时请求她留下来，就留在他身边，不要走。她紧闭的双眼倏忽间就睁开，同他说，我不能。

空气里有些潮湿，雨水开始不规则地飘洒，打在他脸上、身上，他觉得很是舒畅。自从卓死去，他开始喜欢雨水，迷离的朦胧的潮湿的氛围，像是要永久地持续下去。没有阳光，点点雨水，如梦似幻。他在雨水里，想起很多从前的事情，除了卓，还有他童年时的一些记忆。那些记忆斑斑驳驳，仿佛是上个轮回的事情，又好像是发生在别人身上的事。他甚至还想起自己读中学时候的时光，背着书包，行走在还未天亮的山路上，走着走着，远方的天空就明亮起来了，他看见大片大片的田野，想起弯着腰在田野里劳作的农人，想起那时路边有些枯黄的野草。后来，他从那个小村子来到了城里读书，在大学里，他遇见了卓。他曾在暑假时带着卓回到那个贫瘠的小村子，山路曲折，要先乘十个多小时的火车，再转乘汽车，最后还要沿着崎岖的山路再走上半个钟头才能到家。尽管疲累，但卓却没有怨言，反倒显得舒适从容。他从心里感激卓的体谅，觉得自己是那么幸运。他曾带卓爬上最高的那座山——百草坪，他们躺在山顶的草地上，看着小小的村子，卓说，这儿的风景真的跟城市里不一样，让人觉得心里很踏实。他说，我家里连门都没有，你不觉得很寒酸吗？卓笑笑说，倒是很有趣了。

这些记忆浮现出来时，他觉得自己仿佛正在一个错乱的世界里，许多的回忆场景像是不规则的碎片，飘浮在他的周围。或许是雨的缘故，潮湿阴沉的天气里人容易陷入对往事的回想之中。他在雨水里走着，抬头看时，她正坐到一辆出租车里去。他便停下来，等她的出租车开动，他也招手拦停了一辆出租车。

司机问他去哪儿的时候，他只说跟上前面那辆出租车。司机从后视镜里警觉地看了他一眼，若有所思。他知道自己此时正蓬头垢面，头发胡须都很长，杂乱地打了绺，像是一个无家可归的人。车里很闷，一股恼人的臭味在狭小的空间里游走。他怀疑是自己身上散发出来的味道，毕竟他已经很久没有洗澡了，他能记起来的上一次洗澡时间，那时候似乎卓还在。他在淋浴间里唤着卓的名字，卓，卓，给我递条毛巾来吧。卓一边应着，一边将那条柔软的粉色毛巾递过来。想到这儿，他的悲伤情绪几乎难以自抑。他总是这样，一想起卓来，就好像把快要结痂的伤口生生地撕扯开来，露出其中白花花的血肉和脓水。

出租车停在了一个陌生的村子里。雨仍然在下，她回头望了一眼，就沿着土路，深一脚浅一脚地往村子深处走去。他有些后悔，觉得自己是本不该跟着她往外走的，毕竟，他与她，也只是有过几个相互慰藉的夜晚，他竟然冲动地跟着她从家里来到了这陌生的村子里，这真是盲目又大胆。

他想起他们初次遇见的那个雨夜，他坐在小区楼下的花园里抽烟，她从他面前一闪而过。她再来到他身边的时候，已经是一个多星期后的事情了。她迈着同样匆忙慌乱的脚步，穿过长长的走廊，修长的手指微微弯曲，叩响了他的房门。他打开门，她站在那儿，身上穿着那件到脚踝的绿色连衣裙，她说，我从楼下给你带了面包。他接过她撕下的那块放在嘴里，一股焦煳味在嘴巴里蔓延开来。

他觉得，她是爱他的，尽管他们相处的时间并不长。因此他小心翼翼地问关于她的家。她把脸埋在他的臂弯里，眼睛眨动着，若有所思，接着同他说，你认为我的家在哪里，它就在哪儿了。

沿着村里的土路一直走，越走，四周就越发黑暗，仿佛正走在一条不见天光的黑洞里。她还在往前走，脚步却从容了很多，不再像去找他时那般慌乱。他跟在她身后不远处，深深浅浅地走。这样崎岖而又陌生的山路他已经很久没走过了。对这种山路似曾相识的记忆还停留在他儿时。住在乡下的时候，或许也就十几岁吧，他跟着母亲生活。母亲日日早出晚归，去田野，去集市，他也就常常独自待在家里。母亲在家的时候，他的心里便踏实许多。他在屋里，听着母亲在院子里的动静：哗啦哗啦地搓洗衣服，咔嚓咔嚓地劈断木柴。小院里有了母亲，便一直是热闹的，油花在炒锅里噼里啪啦地炸开，母亲蹲在灶边做饭。那些时候，他的心里也总是宁静的。

他大三那年，母亲得了绝症。其实他高中时，母亲就做过一

　　　　　　　　　　　　　　　　　　　　花园荒芜　|

次胃部手术，尽管他从那时候就知道母亲剩下的时间不多了，但心里却一直都没做好准备。母亲的生命陷入了倒计时，但他觉得这比母亲意外离世来得更加煎熬和痛苦。母亲迅速地消瘦下去，她原本丰腴的身体在半月之间就如同长了霉菌的玉米，果实迅速地腐烂，最终萎缩成一个皱巴巴的废纸团。每次开学离家，他都觉得与母亲是永别了。在学校里时，他也过得很压抑，聚会之类是很少参加的，脑海里无时无刻不想着生病卧床的母亲。母亲出殡的时候，也是一个雨天。黄昏时，家里的电话打过来，他心里一惊，泪水便流了下来。当天晚上，他就坐上了回家的火车，那时卓还是他的女朋友，她也陪着他回家去参加母亲的葬礼。

在母亲的葬礼上，他表现得异常平静，他想哭，但眼睛干涸，没有泪水。卓话不多，只是跟在他身边。他走到院子里去招待那些前来奔丧的亲戚，卓就给亲戚们倒上温热的白水；他到土灶边看请来的白事师傅烙白豆腐，卓就帮着切些蒜末葱姜。夜晚当所有的人都离去，他踉踉跄跄地走到河边去，泪水满脸都是，他跪在母亲新搭的坟前，大声地哭泣。卓静默地站在他身后，没说话。泥土和青草味在雨水里弥散，临走的时候，他泪眼蒙眬中看卓，卓的眼眶红红的，刚刚也哭过了。

现在，他居然在跟踪一个别的女人。但那绿衣女人却又在他的脑海里挥之不去，仿佛有一股力量牵动着他去跟随她。她的身影消失在山路上，晨光熹微，东方的天空有些微微的红色。他不知道是什么时候跟丢了她，只看到她在拐入另一条山路时，回头站定，长久地注视他。那目光令他感觉到陌生而又寒冷。

不知过了多久，也忘记自己是在什么时候出发的，他抽着烟，重又坐回到小区楼下的花园里，天已经大亮，阳光如同从天空里抽出来的剑，刺向大地。单元楼里陆陆续续走出一些人来，他们脚步匆匆。有个穿绿色连衣裙的女人眉眼间与卓有几分相似，她背着一只黑色的单肩包。他看到她手里拿着一只老面包，正准备撕着一条条地往嘴里送。穿着白色舞鞋的双脚柔软又匆忙，连衣裙微微摆动，一角乳白色若隐若现，在风中，她瘦弱的身子都像是要跳起舞来。他目送她走远。但她就要拐出小区门口时突然站定，回过身来望着他，同往日不同，她脸上的温柔与笑意收敛了，投来的目光里警觉而又带着几分嫌恶。他怔了怔，哆哆嗦嗦地掏出手机，想给她打个电话。但她是谁呢，又叫什么名字呢，在这深秋清冷的小区花园里，他的大脑空荡荡的，仿佛刚从昨晚的睡梦中醒来。

本篇发表于《广州文艺》2020年第4期

都市小说双年展

金　鱼

白色的雾气在窗外游走。三合板桌上，一只褐色的蟑螂沿着墙的裂缝絮絮爬动。对门卫生间里哗哗流淌的水声，辽远，寂寞，让我想起远在千里之外的双庙村河滩。水声中，夹杂着杨素哇哇的呕吐，浓重的酒味混合着来自身体内部的腥味，透过门缝，在房间的各处游走。我拉过被子，盖住自己的脸，肘部鼓出来的硬包抵到床单上时，微微刺痛。隔壁卧室里那重复的脚步声踱来踱去，像是一只永不会停下的钟摆。

两个月前的深秋夜晚，我在一个叫作"半截塔"的地方下了车。没有路灯，周围是一片荒芜的黑暗。远处，有三三两两的灯火，像是一些幸福的人，眨着嘲笑的眼睛。从群租房被赶到大街上，这是第二次。上一次，是在半年前，那时，阿生还在我身边。我们一人拉着一只笨重的行李箱，在港城的街头徘徊。裸露在空气中的手冻得像是腌透的胡萝卜，阿生停下来，用双手呵了一口热气，焐在我的耳朵上，说，莹，还有我。

在半截塔，找房子的过程并不曲折。从公交车上下来，我拎着那只褪色了的蓝帆布行李袋走近那些灯火，灯火外，大都是紧紧闩住的门，只有一家，两扇木门大敞着，透明的凉纱窗里，我看到那个中年男人坐在柜台后，开着门的这一家，是半截塔的杂货铺。

他帮我提着行李，沿着深深浅浅的小路走了很久，最后停在一栋二层小楼前。他同我说，一楼是放杂物的，二楼一共三间房，还有两间次卧，可以租给我其中的一间。

我还能去哪儿呢？我默不作声地听着他的话：每月房租一千二，水电另付；卫生间和厨房是共用的，自己打扫；出了楼门往东去，可以买新鲜的蔬菜和水果，油盐酱醋就从他的杂货铺里买。

说完这些，他突然严肃起来，声调也压低了，絮絮地说，二楼头上那个储物间里住着一位老太太，脾气有点儿古怪，轻易别在那儿逗留。我往那个储物间望了一眼，那儿黑漆漆的，门上的椭圆形磨砂玻璃像是一只深不见底的黑洞。

我问那个带我来的中年男人，你是房东吗？他摇摇头，说，房东在外地，他只是帮着来打理的。储物间里，住的是房东的母亲。

杨素是后来搬到这儿的。她看上去有五十多岁了，生着一张圆润白皙的脸，五官嵌进皮肤里，扁平，臃肿。第一次见她，是在一个月前，她正把一只硕大的圆形鱼缸搬到厨房的水龙头那儿去。盥洗池放不下鱼缸，她就一只手托着鱼缸湿滑的底，另一只手旋开水龙头。那只鱼缸或许是房东留下来的，从我搬来时，它就一直在客厅的角落里，缸上缠绕着一圈圈的黄色和绿色水渍。是一只被遗弃的鱼缸，被遗弃时，里面还有水，只是后来，无人问津，水便一点一点干涸了。

那天下午，鱼缸被放置在了客厅的桌上，里面还游着一尾红色金鱼，它很欢快，火红的尾巴在清澈的水里格外鲜艳，像是掉进水里的一团火。那是很常见的一种金鱼，身子细长，但眼睛却是鼓鼓的，如同两个突兀的肿瘤。童年时，我在故乡双庙村的花鸟市场常常见到，那时，我想，这种金鱼真丑，是叫瘤子鱼吧！

杨素似乎把这儿当成了自己的家。从她搬进来的第一天起，就开始布置客厅、厨房和卫生间。她带来了许多装饰用的小物件，譬如白瓷的晴天娃娃，它们的表情千奇百怪，挂在二楼楼梯口的那个娃娃，有着细长的眼睛，红红的弧形嘴角，是微笑着的一张脸，但我每次经过那儿，一抬头时，总觉得它的笑容有几分狡黠。

杨素又喝多了。我回来的时候，刚走到门边，就听见里面吵吵嚷嚷的，像是煮沸的水正簌簌地响。推门，上楼，拐进二楼的走廊，一股刺鼻的酒菜味袭来，客厅那儿，摆着杨素的黑色方桌，四五个中年男人围着桌边坐，嘴里说着粗劣的话，唾沫星子到处飞溅。杨素背对着他们，正在厨房的盥洗池里冲刷一只油腻的白色汤勺。

每次杨素把他们请到家里来吃饭，饭后，这几个男人也是会留下来的。他们游走在每个角落，厨房里，卫生间，楼梯口。我坐在房间里，想去个厕所都觉得别扭，我讨厌他们那不怀好意的目光。每每这时，我觉得自己就像是一只被堵在阴湿洞穴里的老鼠，孤独而又无所适从。然而，这样嘈杂的环境似乎对储物间住着的那个老人并无多大的影响。她很少打开储物间的那扇门，或许她总在我和杨素都不在家的时候，才会出来透透风。因为那只鱼缸里的水总是满的，而且满得刚刚好，正与鱼缸的边缘齐平，一眼看过去，里面的水就要溢出来。最开始，杨素看到这么满的鱼缸时，便拿了一只透明杯子来，把水舀出来两杯，让水面下去些。但第二天她一起床，就会发现鱼缸又是满满的了。她打着呵欠，用有些臃肿的手指叩响了我的房门。她说这么满，鱼会死的。我摇摇头说不是我，我们的目光便不约而同地投向了储物间。

被装满的，不只有鱼缸。橱柜里的碗，盛水的桶，都被一字摆开，它们之间保持着一定的距离，确保人能从中间穿过。每次我打开房门，在黑暗中摸索着走到墙边时，肿胀的双脚总是不经意间就缠绕在那些容器中间，水溢出的声音在夜里格外惊心动魄，杨素屋里的呻吟和喘息声被打断，但很快又恢复如常。储物间里，持久的踱步声仍在继续，趿拉，趿拉，趿拉，像是猫的爪子在墙壁上生硬地划过，白色的墙灰残留在锋利的趾甲里，又或是我同阿生分手的前一晚，他坐在桌边拿着那块甘蔗，咀嚼，咀嚼，咀嚼。

走回房间的路上，那条金鱼正透过厚厚的玻璃缸，与我对视。那两只突兀的眼睛里，有黑色的仁，晶莹剔透，但它的身上开始带着一些腐烂的气息，大概是夜里跳出鱼缸，碰伤了侧边的鳞，它身子的侧边，有一块白色的絮状物，正在扩散。我站在那儿，腋下的刺痛让我不得不靠在桌子角上，就在半年前，我洗澡时，触到了膝盖那儿的两个凸起，它们平滑、坚固又顽强。我想起那些暗夜里，阿生酣睡中伸出手臂将我箍在他的怀里，他的手触碰到我的身体时，遥远的刺痛从身体内部发生，我下意识地推开他温热的手，从床上坐起来。阿生也醒来，一脸关切地问我，莹，我是不是压疼你了？我摇摇头同他说，没，我去个卫生间，你睡吧。

许多个夜晚，我在狭窄的卫生间里呆呆地站立。我把冰凉的水龙头开到最大，哗哗的水声让我觉得脑袋里一片空白。离开阿生是个艰难的决定。回到卧室的时候，阿生通常还在酣睡，迷迷糊糊地问我一句，嘴里蹦着几个字，但我只听得咕囔咕囔的，究竟说了什么，并不分明。有的时候，我刚要回答，阿生一转身，便又酣睡过去了。

那条金鱼没有来时活泼了，它像是在水里静默地睡着。我把手放在鱼缸外面，它也没有反应。后来，我听见杨素在客厅用手啪啪地拍打缸壁，她有些气急败坏地说，鱼缸这么满，是要把鱼活活憋死吗？

杨素和房东母亲的对峙就此开始。那一晚，我本来服了两片安眠药，已经睡下。但杨素的吵嚷声越来越大，中间还伴随着瓷碗摔碎的声音。她在下班回来时，经过客厅，把鱼缸搬到厨房那儿，倒出了多余的水。但没多久，她晚上起夜时，却发现鱼缸里又被加满了水，那条金鱼翻着肚皮，奄奄一息。她穿着那双开了嘴的蓝色塑料拖鞋，径自走到储物间那儿，敲门。

储物间里一片黑暗。房东母亲从来都不开灯，即使是在夜晚，储物间里也没有一点光亮。只有来来回回的脚步声提示着，里面是有人的。任凭杨素咚咚咚地敲，房东母亲始终没有打开门。客厅里响起一个男人的声音，那是同杨素在家里喝酒的中年男人里的一个，他的语气带着些不耐烦，我听见他说，你没听那个杂货铺的老板说嘛，跟个乡下来的神经病计较什么呢？这叫一花的老女人也是可怜，年轻时伺候丈夫，丈夫后来找了别的女人，跑了，她就疯了。老了老了，儿子也不养老，活成了一个累赘。

敲门声终于停止了。杨素随同那个男人回了房间。我平躺在床上，头脑一片清醒。最近几天，都是这样，我在白天昏昏地沉睡，梦境一个又一个，将我攫住。在梦里，我回到了五年前的手术台上，看见母亲正在落泪，她说，没事的莹，做了手术，就好了。会好的。阿生站在母亲的身后，眼眶红红地望着我，想说什么，但还是没有开口。我的脖颈空了一半，像是《聊斋》中的怪异的人，阿生拿来一本大红色的影楼宣传册同我说，你看看婚纱的款式，再挑挑敬酒服，选你喜欢的，你喜欢的，我都喜欢。我捧着那本册子一页页地开始翻，喉咙突然剧烈地发痒，我感到喑哑，想说什么却一个字都说不出来。接着，捧着册子的手臂上开始鼓出一枚又一枚圆圆的硬包，赤裸的双腿上，那些硬包也接连凸出皮肤的表面，就像是双庙村夏末里那些迅速成熟的果子，不可遏制地生长……

我在睡梦中醒来，又昏睡过去。灰尘斑斑的床头柜上，放着一只干涸的蓝色塑料水杯。每次我一睁开眼睛，就能看到它。只有确认看到了它，我才知道自己不是在梦里。白天的持续睡眠让我在夜晚精神变得好一些，我坐在床上，透过那扇半平方米左右的小窗，遥望这座城市的灯火，它们朦胧、明亮，而又温暖，我想起双庙村，想起家里的那盏昏黄的灯，母亲该是坐在灶边捣火，热烈的火焰照得她脸颊也是一片橘黄。还有刚来港城时，同阿生租下的那间十二平方米的出租屋，屋里的天花板上，有一枚精美的灯，通体纯白，围着灯边儿，有三只蓝色的海豚。那些夜晚，我睡在阿生的怀里，每次梦魇，他都将我紧紧地抱着，同我说，别瞎想，不会的，医生不是说了吗，复发的概率很小，像咱们这种买刮刮乐从未中过的人，不会中奖的。

坐在窗边，我的目光长久地注视着窗外。灯火里闪烁着的那些身影，缥缥缈缈的。我趿拉上冰凉的拖鞋，走到客厅里去。窗外的光透进来，照在鱼缸上，鱼缸里的水满满的，随时要溢出来，那条金鱼看上去比前两天又损失了不少精神，它浮在水面上，不时露出圆圆的嘴呼吸，摆尾迟缓又无力。我用手掬一些水出来，一扭头，正与储物间门上的那双苍老的眼睛对视。

我看着她朝我走来，脚步声越来越清晰。她的目光很沉静，我却在她的脸上读到了慈祥。她从盥洗池那儿端起一碗满满的水，朝鱼缸这儿走来。她穿了一件熨帖的细格子褂，那是农村集市上常有的款式，爷爷去世前，我曾跟着奶奶去过双庙村大集，不止一次，奶奶喜欢那些细格子褂，我那时总搞不懂大人的审美，为什么会喜欢那些灰不拉儿的衣服呢，上面的花纹也显得老气，但是奶奶站在衣服摊前，一站就是好一会儿，我坐在高一点的空地上等她，看着她跟小贩讨价还价。后来，爷爷去世，葬礼的时候，奶奶穿着那件细格子褂，褂子上，还有一簇簇的花团。母亲想劝奶奶换一件庄重些的，但奶奶执意不肯，再劝，奶奶就要骂人了。我做完第一次手术后，母亲说，奶奶总是去集上买好些花花绿绿的东西，都是我小的时候喜欢的，她非要母亲寄给我。母亲没有办法，又知道奶奶一直精神不好，也不敢拗着她，只好把东西打了包一并寄到我们的出租屋里。

鱼缸里的水又被加满了，她很小心，尽管水已经到了鱼缸顶部的边缘，但却一滴都没有溢出来。这种总是要打满水的习惯，在港城里，无疑有些突兀，但十多年前，在双庙村，家里都是要用水桶去东边的井里打水的。尤其是在傍晚，洗菜做饭，洗澡烧水，刷碗刷锅，样样都离不了水。所以，奶奶一天到晚都催着家里人去打水，而且要把打水用的两只木桶也要装满，她才算是放心。很多儿时的时光，我都是在奶奶的小屋里度过的，赤着脚，坐在床上，看着奶奶踩着一双小脚，走来走去，很少有闲下来的时候。除非她又犯了病，又着腰站在屋檐下，嘴里振振有词地骂人。

我看着她双手交叉进袖筒里，佝偻着身子，低着头走进了储物间。门又关上了。储物间又恢复了一片漆黑。水缸里的那只鱼翻着白肚，像是快要死去了。杨素的房间里传来粗重的喘息和酸软的呻吟。

杨素看我的眼神里，总显得回避。或许她自觉我听得见她夜里的纵情。偶尔，我们在客厅遇见时，她总是把目光转向别处，要是面对面碰到了，她便露出真挚的目光，问我要不要吃她包的饺子，她又包了猪肉香菜的饺子。猪肉香菜，是我最喜欢的饺子馅搭配。每次她热情地问我，我都无一例外地摇摇头，也不知道要说些什么，我趿拉着自己的拖鞋，往房间走去。

我的精神越来越恍惚，清醒的时间也越来越短。在醒来的间隙里，我偶尔能够听见杨素的喘息与敲门声，我知道，她又在抗议那只被装满水的鱼缸了。奇怪的是，我始终能听见储物间的脚步声，那拖沓的、黏滞的抬脚、落脚声音，在我的脑子里，一次又一次地响起。我蜷缩在被子里，眼前出现那条金鱼的境况：上一次看它时，它就已经奄奄一息了。此刻，或许早已经死去了，鱼缸里，应该只剩下了有些微黄的水。

在一个大风的夜，我在杨素的谩骂声中醒来，我知道她正站在储物间的门口，双手交替叩响储物间的那扇斑驳木门。她的谩骂更像是抱怨，哭腔里夹杂着含混不清的话语，她说，她丈夫跑了，这几乎要了她的命，但日子总是得往下过啊。她还说，金鱼是丈夫留下的，她想要带着它开始一段新的生活，她想把它养活，这小小的金鱼，是她活下去的希望。她哭着哭着，始终无人回应，她的哭声也就越来越微弱，缩小成一团呜咽，盘旋在喉咙里。

她的哭声让我感到心烦意乱，像是有野猫在我的脑壳上来回抓挠。那种哀怨的、可怜兮兮的抱怨声让我陷入一种深深的绝望中。这样的感受第一次出现，是在爷爷的葬礼后。家里的一切都失去了颜色，床头柜、大衣橱、棕木床、石榴树，都笼罩着一层悲伤的气息。奶奶除了不可抑制的哭泣，便是坐在石榴树下发呆，我不知道该如何安慰她。她心里的伤口，白花花的血肉翻出来，裸露在空气中，不知道何时才能愈合，我也一样。有的时候，我很想同她谈谈，但话到嘴边，却不知道怎么开口，便生生地咽回到肚子里了。

风声里，杨素的声音渐渐消失，储物间的脚步声也停止了。我下床，摸着黑走到客厅里。月光把晃动的树影投射在地板上，像是水藻在一泓清水中游动。我站在水藻里，感觉自己就是那条缀着黑色眼睛的金鱼。我俯下身去，把手伸进冰凉的水中，抓住了那条细长的鱼。它已经死去，身上的鱼鳞泛着肿胀的、模糊的白。

黄昏时，有人敲响了我卧室的门。是那个租给我房间的杂货铺老板，他同我说，如果屋里有垃圾和不用的东西，可以扔在走廊里，他请了一个保洁大姐，来家里打扫卫生。我谢过了他的好意，并同他说，我并没有可以丢弃的东西。关上房门，我听见他们在客厅里收拾得起劲。后来，我听见那个中年男人说，把这鱼缸也给搬出去吧。

我想，杨素或者那个储物间的老太太会站出来的，因为她们平日里是那么在乎那只鱼缸。我呆坐在门边，聚精会神地听着门外的动静，但她们没有出现。我想她们不在家或许没有听见。于是，我打开房门走出去，走到那个男人面前，同他说，鱼缸留下来吧，就这么搬走，她们会不同意的。

中年男人一脸疑惑地望着我，问，她们是谁？

我指了指储物间，又忍着疼痛给他指指我隔壁的房间，说，就是这两间里住着的租户。

那男人沧桑的脸上浮现出惊诧的神情，但很快，他又恢复了常态，笑笑说，姑娘您可真会开玩笑，这一层，只租给了你一个人啊。

我的目光快速地搜索着那只鱼缸，我想告诉他，这鱼缸里满满的水，还有浮在上面的金鱼，就是她们留下的。

但保洁手里的那只鱼缸，里面空空的，一点水都没有。而且，像是已经干涸了很久，鱼缸上的黄绿色水渍一圈圈地蔓延着。毫无疑问，它早就被人抛弃了。

本篇发表于《福建文学》2020 年第 4 期

花园荒芜

抵达港城的时候，天已经黑透了。大巴车停在二马路汽车站里，四周寂寞，只有不远处的一家招待所的门牌发着模糊的光。这一晚，天上没有星星，云彩很亮，它们在黑蓝色的夜空里迅速地飘浮游走，间或沾染上月亮的光辉，明亮而又狡黠。从空气沉闷的大巴车上下来，阿生感觉周遭的空气都是潮湿黏腻的，他胳膊上那块已经结痂的慢性皮癣此刻正蠢蠢欲动，那种钻心的痒感正逐渐变得清晰。

海风吹过脸颊，阿生觉得周身惬意，他伸出手，轻轻把花园眼前的一小缕头发拢到小而白净的耳后。他同她说，咱们这一晚就在二马路附近的旅馆住下吧，好好地睡一觉，明天一早我们就去月亮湾。说话的时候，阿生觉得自己有些故作轻松，事实上，他和花园已经有一周的时间没有说过话了。他一边说着，一边转过脸去看花园那幽暗的脸颊。此刻，她显得木讷，没有只言片语，她的沉默比周围深深浅浅的夜色还要浓重。阿生轻快地伸出手搂住她瘦削的肩膀，就像七年前他们刚恋爱时那样，也像刚搬进芳青公寓的出租房里时一样。只是，后来的许多个夜晚，她侧躺着朝向墙壁，羸弱的身子蜷缩成一只虾，阿生扳着她的肩膀，轻轻地将她揽在自己的怀里，黑暗里，他伸手摸她的脸颊，却只摸得满手冰凉的潮湿。

花园的改变，是从去年秋天开始的。那是个星期一，她很早就回到了出租屋，阿生记得花园进门的时候，他正在摆弄手里的一个机械音乐盒，那是一年前订婚时他送给花园的礼物，但在前几天的争吵中，这音乐盒被摔了一次，里面的细弦断了。他看了一眼墙上那块石英圆表，下午三点十分。平时这个点，花园都在公司里忙碌着。每天早上阿生醒来的时候，花园早已经在上班的路上了。她下班回家也很晚，总是要天色黑透了，阿生才见她一身疲惫地拎着一袋子菜回来。

　　那个下午，花园回来之后，坐在床头，闷不作声。阿生凑到她耳边问她怎么回来得这么早，她也不说话，有些疲倦的目光低垂到灰尘飘浮的地板上。阿生想花园肯定遭遇了什么沮丧的事情，他计划着等她的情绪过去，再好好和她聊聊，但却没想到，花园从那一天开始，一直陷在低落的情绪里，与此同时，她的身体也一天天地消瘦下去，那些开始突出她皮肤表面的骨骼让阿生想起幼年时田野里的那株发霉的玉米，干瘪而又没有丝毫的营养。

　　海浪的声音远远地起伏，听起来有一种久违的熟悉感。阿生拉着花园的手，走向车站不远处的招待所。她的手冰凉，任凭他握着。周遭的夜色无边无际，他们像是摸黑行走在一只黑色的口袋里。这是一座没有夜生活的城市，读大学的时候，阿生曾带花园在港城的海边闲坐，八九点钟的光景，海边的人就陆陆续续散去了，还给海滩无限的寂寥。那时，他们刚在一起，阿生很想在人们散去的时候，偷偷地亲吻花园那微微抿起的嘴唇，但花园总是推开他的亲昵，她小声说她害怕。

　　这一晚，他们住进了车站附近的唯一一家招待所，红色的灯牌在夜色中发出狡黠的光，模模糊糊地看过去，他们看到了"七水招待所"的字样。站在招待所里的时候，花园显得忧心忡忡，阿生同前台的年轻男人报备着两人的身份信息，那男人嘴里衔着半根烟，长长的刘海下，一双发红的眼睛暂时离开面前的游戏屏幕，阿生客气地问他，明天早上最早一班去月亮湾的公共汽车几点经过门口的站牌，那男人仿佛没听见，脸上带着些不耐烦的神情。阿生侧过脸去看花园，花园的目光一直停留在走廊过道边的一只鱼缸上，闪烁着蓝色灯光的透明玻璃后，两只缀着黑色葡萄般眼球的金鱼正扭着身子游动。

房间里有一股刺鼻的烟味，原本该放电视的位置被安置了一套游戏电脑，桌面上的烟灰缸里有两个干瘪的橘色烟头，桌面斑驳，看上去像是许久不曾被擦拭过。白色的墙壁上深深浅浅的黄色印记让阿生联想起那些从前的租客曾在这屋里纵情的场景。他担心这些潮湿斑驳的印记会让花园感到不舒服，但花园似乎并没有注意到那面床边的墙壁，她坐在有些潮湿的床单上，双手有些不安地放在大腿上，阿生看到她身后的白色床单上有几处殷红的血迹，血迹重重叠叠，浅淡褐色的或许是更早一些被人留下的，经过了反复的洗涤，上面有些细小的短毛正微微竖立。还有几处是颜色鲜红的，一看便是新近住店的人留下的，而招待所并没有更换干净的床单。阿生提醒花园说他们应该打电话叫前台来换个干净的床单了，花园顺着他手指的方向看了看，不置可否，她的目光黯淡，没有丝毫的波澜。

花园同此前很不一样了。这些日子以来，阿生觉得花园像是换了一个人，那天傍晚以后，阿生也曾问过花园她到底遭遇了什么，他同她说，园，我觉得你现在说话做事越来越隔着我了。花园只说没什么，就是有些累了，休息几天就好了。但花园的噩梦却持久地出现，她总在凌晨尖叫着醒来，那种撕心裂肺的尖叫声仿佛山间穷途末路的鸟禽啼鸣。阿生伸出手臂抱住战栗的花园，但花园却条件反射一般地用力地推开他，自己下床，趿拉上拖鞋，跌跌撞撞地径自走到卫生间去了。阿生回想着花园曾在梦里尖叫的细节：她自言自语地絮说着什么，模糊的话里总是重复地说又枯萎了一朵，这儿也有一朵。不久后，她就会呼喊着醒来，很多时候，她苍白的脸上挂满泪水。

或许是那个梦让花园变成了现在这样。在花园又一次战栗的时候，阿生盯着她惊恐的双眼追问，那个梦到底是什么。花园的战栗更加剧烈，她颤抖的身子像是深秋窗外就要摇落的树叶。他努力地回想花园变化前的一些蛛丝马迹，病因似乎有迹可循：出租屋的生活让花园歇斯底里，因为他们常常在吃饭时，看到褐色的蟑螂顺着三合板的缝隙正滴溜溜地往桌面上爬，花园说那些蟑螂让她想到身体里絮絮爬动的疼痛；花园总会跟隔壁合租的住户张姐发生争吵，她有慢性肠炎，吃点凉的辣的，不等食物消化，即刻就要拿着卷纸往厕所里冲，但张姐却总是关着卫生间的门，在里面慢悠悠地洗洗涮涮。花园无奈地坐在床边，揉着肚子，有的时候，着急得委屈的眼泪都要掉下来；花园还说起过母亲的胳膊上又鼓起了一个硬邦邦的包，她很害怕，害怕母亲的身体会有什么事情，毕竟此前母亲已经做过一次切除手术。那些接连鼓起的硬包让她感到触目惊心；还有花园不断丢弃的小说手稿，那些纠缠一团的字迹被写在油渍斑斑的桌板上，揉作一团的纸巾里，甚至她的手腕皮肤表面，但大都只完成了一半，或者只有一个开头。

阿生这样推测着，但他很快就自我否定了这些想法，他觉得生活里琐碎的不顺心实在太多了，这些对花园来说，或许算不得什么，他自认为还是比较了解花园的，毕竟他们在一起已经有七年的时光了。

阿生打电话叫来了服务员。那是一个头发花白的男人，有着沟沟壑壑的脸庞和老实谦卑的笑意，阿生一眼就看出了他的辛劳愁苦，这男人的佝偻轮廓让他想起操劳的父亲。他敲门进来的时候，手里还拿着两条白色的床单。阿生说这床单实在是没法睡，你看看。那男人满脸歉意地说着对不起，是他们疏忽了，他拿来了两条干净的，可以换上。阿生便看着他把旧的取下来，换上另一条白色的床单，但新换的那条床单上也有褐色的血迹，除此之外，还有几滴浑浊的油斑，像是死去的鱼的眼睛。

这一晚，阿生看着依然有血迹的床单，也不再说什么。服务员走后，阿生在床上躺了下来。花园坐回到床边，拿着手机，专注地凝视屏幕，但又似乎什么都没看进心里去。出发来港城前，他们经历了漫长的争吵和压抑的冷战。事实上，他们本来已经到了谈婚论嫁的阶段，他们从去年就在筹备婚礼了，家里的婚房已经装修好，他们从去年夏天开始陆续地购买家具，他们一起去家具城，愉快地买下了花园最喜欢的那套北欧风的蓝黄色布艺沙发和红樟木的双人大床，到去年秋天，婚房里的家具已经添置齐全了。花园的购物车里放着几套婚纱，都是他们在闲暇时光里一起挑选的，七年的相恋时光即将画上句号，阿生无数次地想象过花园穿上婚纱走向他的样子。

但一切似乎都在朝另一个方向发展，阿生近来越来越感觉到一种无力。那个秋天的黄昏以后，花园辞去了中学的工作，整日待在十几平方米的出租屋里，她不愿意走出房门，哪怕是走到厨房洗碗这样的平常小事，她也显得无比抗拒。地板上，床头边，桌子板，到处都有她掉落的长发，花园说她的头发似乎已经停止了生长，半年的时间里，它们仍然是从前的长度，分叉的发梢停留在嘴边，分毫没变，而且发量越来越少了。很多时候，她看着那些掉落在房间各处的头发，心事重重。一点小事就会让她止不住地哭泣，譬如阿生在刷碗时，混淆了洗鸡肉的盆子和洗青菜的盆子，她总会忍不住烦恼地哭出声来，又或者她说了一句什么话，阿生正在打游戏，随口应了一句，再回头看她时，她的头已经埋在了膝盖里，肩膀颤巍巍地抖动着，哭泣得很伤心了。她总在黄昏时情绪低落到极点，屋里的蓝色窗帘被紧密地合上，天色暗沉，她坐在冰凉的地板上，倚靠着那只白漆斑驳的床头柜，沉默着，瘦削的脸颊上带着两行随时要跌落的眼泪。

他们原本计划在港城的月亮湾拍婚纱照，原本计划的就是在这个时候——快要入夏的时节。工作以后，阿生常常想念月亮湾的那片海，在喧闹的写字楼和人群里，那片海是个世外桃源一样的存在，他在脑海里一遍遍回想月亮湾的一切，他提出回港城拍婚纱照的时候，花园很爽快地就答应了。但现在结婚的计划却不得不被搁置。

在仄狭的小出租屋里，阿生试了很多方法，想逗花园开心。他每天早早地起床做好早饭，尽可能地让房间井井有条。他拉着花园去体育公园跑步，夹在那堆遛弯的大爷大妈里，他给花园讲一些他们经历过的开心事。他隔三岔五地会出门去买几朵小花，他总是买香槟色的郁金香，从前在月亮湾的时候，海边栈桥那有个卖花的老婆婆，他们散步时，花园总忍不住要停下来买两朵含苞待放的香槟色郁金香。他小心翼翼地呵护着这些花朵，他把它们都插在空玻璃瓶里。但花园却总在某个瞬间就歇斯底里，她的情绪就像是一座活火山，不定时地就喷薄出来，愤怒和惊恐瞬间就吞没了懵然无知的阿生。不论阿生怎么摆放房间里的物件，花园总会觉得不顺眼，有时是一本没有完全塞进书架里的书，有时是没对齐的一双筷子，诸如此类的小事都会让花园情绪突然就低落下去。有时候，阿生正给花园讲着那些开心的事，但花园的目光呆呆的，她一个字都没听进去。在公园里，阿生卖力地讲话，说得自己喉咙都喑哑，但这些话，对花园来说就像掠过耳边的风。这让阿生的热情遭遇了冰凉的泼头水。那些渐次开放的鲜艳花朵，也从来吸引不了花园的目光，她任由它们陆续地枯萎，尤其是花朵行将凋落的那几天里，花园的情绪更加低落。

阿生不能想象失去花园的日子。那些争吵和冷战的日子，一切仿佛都暗淡下去了。他想象过，如果花园离开，三合板书架上的书会被花园都取走，那些每隔半月就要更新一遍的书籍里始终保存着花园最喜欢的两本书——《昨日的世界》和《星形广场》。阳台边摆放着的锅碗瓢盆也会失去它们的喧闹，曾经花园最喜欢站在小锅旁细致地摆弄那些在他看来劳心费神的食材。小屋里将变得空空荡荡，花园囤在衣柜上面的花花绿绿的化妆品盒也将随着她的离开一并消失。

但他又实在无法在花园歇斯底里的时候保持冷静。就像是手臂上的那块慢性皮癣，发作的时候奇痒无比，如同蚁虫正在皮下啮咬，他很想忍耐，心里也知道抓挠只是短暂的痛快，过后那些已经结痂的伤疤会蔓延得更迅速，疼痛也会加倍。

连续一周的时间，在无比沉默的出租屋里，阿生彻夜难眠。终于在一个阴天的早晨，花园醒来的时候，他望着她疲倦的双眼说，我们去一趟月亮湾吧。他们感情的开始是在港城大学附近的月亮湾，那儿是一处浅浅的海滩，海水清澈，沙滩细软。因为海湾呈现出半月形，所以被当地人称为月亮湾，那儿矗立着一座月亮老人的铜像，月亮老人笑眯眯地见证着一对对男男女女的分分合合。七年前，阿生和花园就是在月亮湾定情的，那个夜晚，他们坐在凉爽的沙滩上，月亮硕大，橙黄，令人感动得几乎要堕下眼泪来，在微凉的海风里，阿生亲吻了花园。

已经有三年多的时间不曾回到港城来了。此刻再回到港城，对这座久别重逢的城市，阿生躺在旅馆的床上，心里突然感到有些陌生，他们从来不属于这座城市，他们也只不过是这座城市的过客。他身边的花园，此时也如同这座城市一样让他觉得陌生。

　　阿生脱下了自己的 T 恤，铺在花园的身子底下。花园这一晚和衣躺着，她甚至连袜子都没脱。躺下以后，她依然把自己的脸冲着墙——那面满是层层叠叠的黄色污渍的墙。阿生躺在花园的身边，他没有像从前那样伸出手来从背后抱住她，他们已经有很久没有相拥入眠了。他躺在靠近床边的位置，翻一个身就会从床上跌落下来。寂静里，白天流过的汗水此刻浸在牛仔裤里，返给疲倦的身体以潮湿和黏腻的感觉。不久他听见花园那细小的啜泣声，他感到她小小的身子如风中树叶般颤抖，便想伸出胳膊把她搂在自己的怀里。但半梦半醒之间，胳膊上那块慢性皮癣的地方又开始刺骨地痒，他伸出手来抓挠一阵，竟然感到有些莫名的愉快。

　　阿生感到些奔波的疲惫，在来港城的大巴上，他有些兴奋地看着窗外那些苹果树和落地松，以及远处浅淡的海平面。他兴冲冲地指着远方给花园说那些旧日的痕迹，但花园的目光却依然盯着座位靠垫上的红色广告布，阿生听见她说，如果我们继续在一起，接下来的日子也是一片荒芜。

　　那一晚，花园絮絮叨叨地给阿生讲了许多事。但那些都是破碎的。花园常常这样，说出一些令人不寒而栗的话，但往往说完就一笑而过了，阿生也从不把她的这些话放在心上。花园说，你知道吗阿生，我现在越来越相信，那不是一个梦，那就是我的生活。在梦里，那片花园不久就要荒芜了，我看着那些花儿陆续死去。那些花的死亡并不是为了等待春天，而是一种彻底地凋零，它们花瓣凋落，根茎枯萎，化成黑色的泥。每次我发现有一朵花儿开得正茂盛的时候，就会发现在它的身边，有更多的花儿正在死去。

　　从花园混乱的话语里，阿生突然觉得花园很陌生了。他熟悉的那个花园，即使是在亲人离世的时候也没有这般脆弱。但在阿生看来，花园一直是坚强的，亲人离世，她会躺倒在床上以泪洗面，但最长也不过是一个月的时间，她就从床上起来，把冗杂的头发扎成整齐的马尾，走到厨房去或是客厅里，打扫卫生，做饭，出门上班。

但近来的时光里，她坐在出租屋的床上，披头散发，阿生劝她去医院看看，她就要现出狰狞的神色了。阿生只得把看病的计划往后延迟。这样陌生而又歇斯底里的花园，让他觉得无可奈何。他觉得她去医院，让医生给开些药，调理几个疗程，就能好。这种"精神感冒"是可以控制的，他有经验。这种经验来源于长达二十多年来，他对奶奶的观察。从阿生出生到现在，他记忆里的最浓重的部分除了父母无休止的争吵，就是独自待在水泥小屋里的奶奶了。奶奶有精神分裂症，她会在大雨的黄昏站在胡同口撕心裂肺地哭，也会在某个再寻常不过的下午，把小屋里的电视、收音机、锅碗瓢盆通通都扔到院子里。奶奶犯病的时候往往是没有按时服药的那几天，但只要吃上镇定的药，奶奶很快就会平静下来，并且在大部分的时间里，与正常人几乎分别不大，只是多了些发呆的时间。阿生想，要是奶奶早一些坚持服药，没准在后来的日子里，就和没发过病的人一样了。

花园辞去工作以后，常常一个人对着窗户坐着，阿生想起奶奶从早到晚地独坐屋里发呆的场景，他觉得这种看似压抑的时刻或许只是花园情绪的过渡，大家都有这样的时刻。只是，他和花园两个人一起待在出租屋里时，总是不可避免地争吵，就像是手臂上的那块皮革一样的癣，大夫说是神经性皮炎，每次抓痒过后，伤口就会再次溃烂，露出白花花的肉和脓血。他觉得他和花园也是这样的，他忍不住和她争吵，想着把话说开就好了，但冷静下来以后，他发现他们的关系更加糟糕了，他现在甚至不知道该怎么和花园说话了。

花园无来由的哭泣和吵闹越来越让阿生觉得心力交瘁，吵得厉害的时候，他害怕自己又会说出一些难听的话，惹她伤心，便拿起一包烟和打火机，愤愤地转身，到楼下去透透气。但花园情绪发作之后，又总会变得无比冷静，就像是一块重又凝固起来的冰。她充满歉意地说，我也不知道我是怎么了，我为什么会这样对你。可能是因为最近的梦，梦里只有几朵花了，她说，我或许以后也不是一个好的妻子。

在仄狭的出租屋里，阿生和花园的沟通总是那么艰难。在那些失眠的夜晚，阿生无意中浏览到港城月亮湾的一则旅游广告，他想，换一个相处的环境，回到月亮湾去，那些曾经的日子想想就让人觉得心潮澎湃，或许他和花园的关系也能缓和一些。他要同她一起重新坐在那片细软温暖的沙滩上，再一次亲吻她白皙清秀的脸颊。他还要再耐心地同她讲一讲从前的那些轻快的事情，譬如毕业后，他们兜兜转转，最开始时两个人都住在公司的宿舍里，见面成了一件很难得的事情，直到两年前终于租了房子，能够每天都相拥入眠，是多么不容易，该要好好珍惜，他还愿意每天早上起来为她做好香菇鸡蛋打卤面，他还愿在她疲倦的时候，让她倚着自己的胳膊沉沉睡去。

这一晚，在港城旅馆的床上，阿生很快就酣睡过去，他很久都没有这么放松地睡着过了，他感觉自己的周身正缓缓下沉，浑身紧绷的肌肉也慢慢地舒展开来，就像舒展开蜷缩已久的翅膀。在睡梦中，他带着花园，沿着月亮湾熟悉的海边公路一直走。穿过高低不齐的礁石桥，挤在熙熙攘攘的游人堆里，花园看上去心情好多了。他在梦里温情地呢喃着，花园，花园。后来，花园的脚步越走越快，她甚至奔跑起来，就要拐进一处街角时，她在那儿站定，回过头来望向阿生，她的目光晶莹闪烁但又显得无比坚定。阿生使劲地呼唤她，但却什么声音都发不出来。他循着花园消失的方向，走进了海边的一处公园，蔷薇和月季开得正好，鲜艳欲滴，沁人心脾。花园里的人很多，三三两两，似乎都是曾经在体育公园跑步时遇到的那些面孔，他们亲切地同他微颔致意。阿生循着路往前走，拐过一处街角，却发现眼前是一片荒芜。伶仃的花朵苍白病态，正在风中摇曳，随时可能坠落。大片大片的赭色和绿色苔藓正在蔓延。

阿生在钻心的痒感中醒来，手臂红肿一片，他忍不住用指甲一次次划过那厚重的皮屑层，直到挠出了丝丝的鲜血才肯罢休。这天早晨，阿生睁开眼的时候，没有看见花园。他不知道花园是什么时候离开的，后半夜似乎隐隐约约听到门打开的声音，但他沉溺在梦里，没有醒来。他躺在潮湿的床上，仰面看着天花板，看着看着，他发觉天花板上的顶灯很是清雅，白色的圆灯罩周围，三只游动状的海豚栩栩如生。

快到中午的时候，阿生到达了月亮湾。那儿人很多，熙熙攘攘，和昨晚梦中一样，只是身边没有了花园。栈桥重修的入口那儿，海边沙地上的郁金香已然开到了尾声。栈桥的中间围了层层叠叠的人，他循着崭新的路标牌，走过参差不齐的礁石桥，又独自穿过一片陌生的海子。不远处围观的人指着白茫茫的海面切切察察地讨论，海风把他们的话吹得断断续续，他们似乎正在热烈地谈论着什么，那些话被海风吹得细碎但又无比清晰，阿生穿过围观的人，头脑空白地奔走到月亮湾栈桥的尽头去。远处，几个渔民正划着木船在海面上打捞着什么，拉船的柴油拖拉机孤独地伫立在沙滩上，手臂上的伤口正在化脓，阿生望着潮水翻滚的海面，望着海边的郁金香，他想告诉花园，虽然有的花儿走向荒芜，但更多的花儿正在盛开。歇斯底里地，他奔向栈桥的尽头，在熙熙攘攘的人群中，他看见，花园正微笑着向他走来。

原名《去月亮湾》

本文发表于《滇池》2021 年 11 月刊

奔跑的柿子树

我还是决定赶在方平婚礼前，去陆城找他。

像一个无休止的恶性循环，我又开始想念方平。我从头痛中醒来，瑟缩着穿好衣服，浑身疲倦地走到卫生间洗脸刷牙，然后坐在桌前，吃下了一片冷面包。想念的情绪如影随形，时时刻刻游走在我的身体深处。昨天傍晚，在换乘地铁的人潮中，我无意地看到了那条电子请柬，方平要结婚了，同那个一起回到陆城的女孩。我站在人来人往的楼梯上，手脚发麻地拨拉着他们的结婚照片，一遍遍地看，问自己，我还能争取一下吗？

下午四点半，铃声响过十二遍，家里的电话还是没能打通。中午时与父亲通过电话，也是打了许多遍才接通。父亲气喘吁吁地说他正和母亲漫山遍野地寻找奶奶。奶奶又一次走丢了。父亲的话还没说完，我即刻又听见母亲对父亲的嗔怪，她说，别跟丫头说了，让她担心，她奶奶走不远，没准又去了柿子林。

我再想要问的时候，父亲那边已经挂断了电话，我只听得他说，别担心，家里有我跟你妈呢！

我坐在床角，右手握着手机，不厌其烦地，一遍遍拨出家里的号码，嘟嘟的等待声像是来自另一个时空，缥缈、短暂地出现后接着被什么吞没。自从半年前爷爷癌症去世，奶奶总是走丢。从我有记忆时，奶奶的精神就不太好。她常常无来由地骂人，又或者是站在胡同口撕心裂肺地哭泣，村里人都说我奶奶有神经病，这种病专业的说法叫精神分裂症。爷爷还在世的时候，奶奶常骂他，无来由地骂，甚至有时无来由地，奶奶就操起手边的物件摔向爷爷。爷爷也不说什么，只是安静地把东西捡起来，摔碎了的就扫到大门口的簸箕里去；还能用的，就捡起来放回原处。爷爷爱听京剧，爱拉二胡，那些午后，他坐在那只破旧的小木凳上，倚靠着床边，听着京剧打着瞌睡。奶奶就坐在他身后的床边，两只手交叠着抱在胸前。但爷爷在世的时候，奶奶出门，总会自己再回来。爷爷常常带着奶奶去南峪的柿子林里，爷爷推着放着锄头和木桶的铁车走在前面，奶奶手里提个小布包走在他身后，俩人一下地就是一天，从清晨到黄昏，小布包里装着凉白开、豆瓣酱、煎饼、钥匙，奶奶不说话，只是低着头，跟着爷爷一路走。

但现在，奶奶却常常是走丢了。村人说，有时见她低着头，抱着手站在胡同口，一站就是很久。

房间里有些昏暗，打开灯时，有些灰尘在米黄色的地砖上轻轻飘浮。我走到铁制的大衣柜前，犹豫了一会儿，纠结着自己要不要换上那件乳白色的紧身毛衣。那是一年多以前，方平用他的第一个月工资买给我的。

我还是决定换上那件毛衣。空气里有些微凉，秋末冬初的这一段时光，总在倏忽间就过去了。还没立冬，空气里已经开始弥散着严冬时的凛冽。衣柜门里面，有一面长方形的平面镜，那是我们刚租到房子时，从宜家买回来的，我还清晰地记得，为了去逛宜家，我和方平还吵了一架。他不喜欢逛商场，每次陪我逛街，他都显得郁郁寡欢，仿佛是刚经历了什么很扫兴的事情。去宜家的时候，我兴致勃勃，期待着往我们刚租到的小次卧里添置些日常用品，我甚至在地铁上就已经开始计划要采买的小物件，心情愉悦地盘算着再给自己买一条碎花裙子。但方平一路都板着脸，闷闷不乐的，我同他说话也不理。地铁上人不多，我们中间隔了一个人的空隙，他目视前方，一路上都是沉默的。我似乎已经习惯了他这样的态度，冷冰冰的。我曾试图逗他开心，我摸摸他温热的手背，仰起头来看着他的下巴。他的回应往往是没有回应，我的亲昵似乎使他很不舒服，仿佛我这样做引来了别人的目光，而这使他很没有脸面。在宜家店门口，他停住了，对我说，莹，你进去吧，我在外面等你。

我站在平面镜前，拿着一把齿子都快要掉光的塑料梳子。我有二十二把这样的塑料梳子，都是在租房前，同方平住招待所时拿回来的。那时，我们刚毕业，各自住在单位的宿舍里，见面成为了一件难得的事情。我曾想过我们会一起打拼，结束这种流浪在城市里的日子。但一年多以前，我们还是在月亮湾分手了。

说来也真的是讽刺，月亮湾是这座城市青年人定情的地方，那儿伫立着一个两米多高的月亮老人的铜像。分手那一天，是我和方平在一起五周年的纪念日。我们一路溜达着到山脚下的海子那儿去，走过参差不齐的礁石桥，挤在熙熙攘攘的游人堆里。我对方平说，我们来拍个合照，作五周年的纪念吧。方平显得心不在焉，他点点头表示同意。

月亮老人笑眯眯的。有风吹来，我听见方平说，阿莹，我们分手吧。

月亮老人依旧笑眯眯的，在有些锐利的海风中，他的笑让我觉得有几分诡异。

分手那天，我们在礁石上走了很久。我有很多想跟他说的话，比如说，我们最初来到这座城市时，像两个流浪的人，租不起房子，只能抽周末的时间一起去最便宜的招待所，只为了一夜的相拥入眠。中午退了房后，没地方去，就待在公园的长椅上，一直坐到地铁的最后一班将要出发。后来，也就是分手的一个月前，我们终于租了房子，每天清晨，匆匆洗漱后，在小区门口分别。晚上我做好饭等他回来，他最爱吃的就是打卤面，用香菇鸡蛋肉丁打出稠糊的菜卤子，我拿一柄长勺子，舀满一大勺，浇在刚捞出的手擀面上。热气腾腾，面香满溢。

但我什么都说不出来，秋风很凉，我走在方平身边时，瑟瑟发抖，像是岸边银杏树上的那些金黄但却即将飘落的叶子。

离开的时候，我对他说，我们以后还是不见了吧。希望你找个女生，能让你每天都有开心的笑容，她或许能愿意跟你一起回到陆城，比我更爱你。

我承认，在说这些话的时候，我表现得很平静，甚至很大度。我天真地以为我干脆果决的放手态度会让他幡然醒悟，觉得跟我分手是他的损失。

"我希望你以后好好的。"

他看着我说这话时，眼眶红了。

在他还没说出下一句话之前，我跳上了开到面前的一辆公交车。

"再见了！"我坐在靠窗的座位上，同方平说。我走得姿态潇洒得很，但心里却巴巴地期望着他能叫我下去，说他后悔了，或者说，他也跳上车来，坐到我旁边，跟我说，他刚才都是胡说八道的。

但他站在原地，没有动。他也没说一个字。公交车开动，他还待在那儿，站在那只分类回收的垃圾桶旁边。

跟方平分手已经一年多了，我仍然保留着随便上一辆公交车的习惯。我不知道公交车要开往哪里去。坐在座位上，我想起许多事情。心绪烦乱着，窗外飞逝而去的景物，就像正在发生的生活，转瞬即逝。那些行道边的火一样的柿子树，跟着公交车奔跑起来。它们让我想起千里之外的家乡的田野。

爷爷去世时，我们哭得昏天黑地，众人哀泣声中，唯有奶奶独坐床边，她没有哭，目光与素日一样，像个被封锁在躯体里的灵魂。来送葬的人问她老伴去了难受不，她却憨憨的只是对着问话的人笑。爷爷下葬的时候，奶奶穿上了一件灰地红花的棉袄，上面用金丝红线绣的花边显得有些夸张，那不是一朵一朵的花，看上去倒像是一簇一簇的花团。母亲哄孩子一般地哄着奶奶，想让她换上一件更庄重一些的衣服，但奶奶却执意不肯，再劝，奶奶就要骂人。她的脸又现出骂人时的狰狞神色，母亲也不敢再劝，就由着奶奶去吧。当时的我们，觉得奶奶的病让她感觉不到爷爷去世的锥心锉骨的痛感，也是件好事情。

爷爷去世后，家里的柿子林就荒芜了。父亲和母亲每日早出晚归地上下班，也实在是顾不上柿子林里的活儿，也就任由那些原本茁壮的柿子树杂乱地生长下去。

奶奶的精神更加恍惚，她终日抱着胳膊坐在家里的床上发呆，眼神木木的，陷入一种沉思里。右手无名指上的戒指在松弛的皮肉上，随时像是要掉脱。

我几乎是与那片柿子林一起长起来的。农忙的时候，爷爷奶奶常把我也一块带到地里去。我坐在地面挖那些白白胖胖的鸡婆虫，又或是掀开石头去搜寻弯着尾巴的蝎子，爷爷和奶奶就在柿子林里忙活着，拔草、上粪、除虫……从春初到秋末，柿子林里总有忙不完的活。爷爷偶尔会走到地边来，旋开一只军绿色的水壶，咕咚咕咚地喝水。在柿子林里，奶奶总是很听爷爷的话，爷爷说，去崖边拾掇拾掇那些杂草。奶奶就拿着镰刀走到崖边除草去了。爷爷说，靠北的几棵柿子得套上袋。奶奶就从提篮里取出纸袋子走到北边去了。柿子林是爷爷奶奶的生计，他们日日精心打理着柿子林。盘下这片柿子林以前，爷爷在陆城做生意，一去就是七年多。即使偶尔回家一次，也总是待个几天便又匆匆离开。后来奶奶生了病，爷爷就从陆城回来了，再也没有独自离开过桐花村。

我坐在办公桌前，盯着眼前的那杯热水发呆。太阳斜斜地落进屋里，透过纯净的玻璃杯体，在桌面上散射出一道明艳的彩虹。我把那把断了齿的梳子放到左手边的抽屉里。一年多了，我仍然舍不得扔掉它。分手后的时间像是不断注入生活里的白开水，把曾经有过的点滴温存都稀释得索然无味。那些在一起的时光就像是那些塑料梳子，齿子不断地掉落，落在地板上、床头边、桌子板，甚至我前几天在大衣的口袋里也摸到一根硬邦邦的梳子齿。这些齿子的质地跟我们的感情一样，脆弱而又容易断裂。摸上去时，几乎没什么温度。

窗外有一棵柿子树。它长在对面小区的围墙里，在蓝天下缀满了沉甸甸的柿子。搬进这里以后，我常常往外一瞥就能看到它。它静默地站在那儿，偶尔会有过路的孩子在树下仰望，他们甚至趁人不注意的时候，捡起地上的石头，朝果实投掷过去，巴巴地盼着能砸落几颗红彤彤的果实。当然，更多的时候，他们快快离去。

望着那棵柿子树，我总是情不自禁地想起两年前，我带着方平回家的情形。那也是在一个秋天，我们抢到了回家的火车票。在硬座里艰难地挨了十二个小时后，终于回到了我家的县城。想来，从县城到桐花村的一路，是我和方平感情记忆里最美好的时光了。沿着蜿蜒的山道，我们一起往大山的深处走去，目之所见，都是火红的山林和果实。在山路上，不时遇到背着柴的大叔，又或是赶着牛群回家去的少年。

五里多的山路，不知不觉就走完了。我家在桐花村的最深处，百草坪的半山腰。那时候，爷爷还在。他为着我们的回家，早早就开始准备着了。爷爷杀了一只羊，用清冽的河水冲洗着新鲜的血肉。奶奶在小院里的灶边生了火，一道又细又轻的青烟顺着烟囱轻悠悠地飘荡。

我站在窗边，突然就很想念曾经的时光。那时候，爷爷还在，方平也在。爷爷去世之后，奶奶的生活变得艰难了许多，我每次回去，小院都是冷冷清清的。常常见啃剩下的冷馒头孤零零地躺在桌板上，被褥也潮湿着，有些老人才会有的腥臊味。晾衣绳上空荡荡的，石榴树边，老狗缩成一团，见人也没什么兴奋，恹恹地躺在那儿。

爷爷从这个世界上消失了。我再也找不到他。但方平，我却总按捺不住自己想去找他的冲动。分手之后，方平回到了陆城，那是他的家乡。我也曾经跟他回去过几次，带着大包小包的礼物，去海边的镇上看望他的父母。方平总说，在北京的日子觉得太辛苦了，感觉不到幸福。每天就是起早贪黑地上班，挤在臭烘烘的人群里通勤，他一想到一辈子都要忍受这样的生活，就觉得无比绝望。他曾不止一次地说，我们回陆城去吧，回去过点安生的日子。干吗非要留在北京呢？

后来，方平在北京遇到了一个女孩，那个女孩是他们公司的实习生，家也在陆城。有一次，我提前下班，便心血来潮地去方平的公司楼下接他下班。在北风里，我站了半个多小时，直到看到方平和那个女孩一起走出来。他们挨得很近，方平还帮她戴上了卫衣后的红色帽子。

下班的路上，我常常看着那些瘦瘦高高的男生，想起方平还在我身边的时光。每次想念方平的时候，我就会翻看父亲发来的短信，一遍遍地读。方平要结婚了，我感觉那些还未愈合的伤口，此刻又被撕扯开来，露出白花花的脓口和血肉。傍晚，我看着窗外一点一点暗下去的天色。几只鸽子飞过天边，像极了一年

奔跑的柿子树

前分手时候的那个画面。我想起方平那泛红的眼眶，突然觉得，我要再争取一次。方平，对我还是有感情的。

直到天黑，父亲都没打电话来。我心里乱作一团。我想起上一次奶奶走丢了的事，她锁了门，手里提着那只破旧的苇筐，自己沿着小路一直走。傍晚时，父亲下班回来，端着做好的饭菜去奶奶的小院，才发现是铁将军把门。他心下一阵慌张，预感到奶奶应该是自己出去迷路了。那天，直到深夜才找到奶奶，她确实迷路了，她自己径自翻过了黑山，走到人家的煤矿上去了。煤矿的老板还算热心，看我奶奶神志不清，也问不出什么来，就开车把我奶奶送去了派出所。后来是派出所的民警给我父亲打电话，那时，我的父母还在漫山遍野地寻找奶奶，没有踪迹，也没有头绪。那这次呢，奶奶还能遇到像煤矿老板一样好心的人吗？

去陆城的火车里，暖气开得很足。我靠着一个座位立着，车厢里有些嘈杂，有孩子的哭声刺破闷热的空气，传到耳朵里来。之前去过陆城几次，都是跟方平一起。一路上，两个人说说笑笑，虽然疲倦，但是却也觉得可以忍受这漫长的旅程。

但这一回，是一个人去陆城了。我才觉得这段路程原来如此漫长。车窗外的那些柿子树，风一般地跑远了，枝头上的那些红色，看不清是沉甸甸的果实还是单薄如纸的柿子叶。

深夜，换乘了两次公交，我终于到达了陆城的清泉村。村里的路很黑，昏暗的灯光下，灰土迎着风扑面而来。走在黑漆漆的土路上，我找不清方向，虽然来过陆城，但没记住路。我朝着村子里的那盏探照灯走去。方平曾经跟我说，这里的人家办喜事，为了让亲朋们好找到喜事的地点，婚礼仪式的前一夜，院子里会亮起一盏明亮的探照灯。穿着那双黑色的高跟鞋，我艰难地走在尘土飞扬的土路上。偶尔有摩托车迎面开过来，一束黄色的强光

花园荒芜

打在我的脸上，只觉得无比刺眼。站在小卖部门前的中年妇女，饶有兴味地冲我打量着。

越走近那盏探照灯，我的心情就越发紧张，嘴唇也忍不住嗫嚅起来。见到了方平，我该怎么说，怎么做，才能挽回这段感情呢？他要是拒绝了我，又该怎么办？

拐进一条胡同，便走到了那盏探照灯下。村人的门口挂满了红色的旗子，一个锣鼓队正奏得起劲儿。我跟跟跄跄地走到门口，一个红色的拱形氢气球被鼓风机吹得呼呼作响，在秋风中剧烈地颤抖着，像是一团燃烧着的火焰。门口摆满了流水席，吃饭的人们咋咋呼呼，很是热闹。那些喧哗的面孔，我一个都不认识。他们说出的话带着一股陆城特有的海蛎子味道，跟方平说话时很像。

我站在红色的氢气球下，正蹲在灶边捣火的一个高个子大叔看见了我，便放下手里的火器，走到我身边来。

"新人的朋友吗？"他问。他的面色黝黑，显得有些拘谨而又木讷。个子高高的，看上去目光里还有几分戒备。

"大学同学。"我回答说。

"哦哦，欢迎欢迎，我是新人的大伯，你快来屋里坐会儿歇歇吧。"他说着，就微笑着将我带进院子里去。饭桌上，有几个年轻人抬起头看我，我避开他们的目光，走进了屋子。

屋里显得安静了许多。只有几个大叔围着一张高高的八仙桌坐着，面前摆着软笔、墨水和几张写了小楷的红纸张。我坐在沙发上，高个子大叔有些笨拙地接来一杯热水，又端起盘子里的花生和糖果，递到我手边。

"新人去村里磕头了，再过半个时辰就能回来，你先休息休息，远道而来，辛苦了。"高个子大叔笑容可掬地对我说。话音刚落，院子里有人叫他，他便抱歉地冲我笑笑，说："姑娘你先坐着等等，我出去忙一会儿。"

他离开之后，我坐在沙发里，靠着一只印着百年好合的赭色方形枕，很是困倦。院门口开始有人唱歌，乡村麦克风在村人的手里来回传递，不同的嗓音唱着一些喜庆的通俗歌曲：就在这花好月圆夜，两心相爱心相会，在这花好月圆夜，有情人儿成双对，我说你啊你，这世上还有谁，能与你鸳鸯戏水，比翼双双飞……

困意笼罩了我。我靠着沙发，昏昏沉沉地睡去。在喧哗的交谈与歌唱声里，朦朦胧胧地，我看到方平牵着那个女孩的手，挨桌地给流水席上的亲朋好友们敬酒。我站在一边，落寞地看着，他的手牵着那个女孩的手，他们的脸上都是甜蜜的笑容。

口袋里的手机嗡嗡作响，我颤抖了一下，从睡梦中醒来，是父亲打来的电话，他说，莹，你奶奶寻到了。在柿子林里来着，你奶奶又去给柿子树拔草，你说下着恁大的雨，浇得浑身透湿……

父亲还没说完，母亲抢过了电话，她一边责备父亲说这些让我担心，一边说，你奶奶这退了烧，喝了热姜汤睡下了。唉，看着不咋想你爷爷，实际上心里可想，柿子林那么远，她又记不住路，但她却总是要去，提着你爷爷的那只灰布包，去给柿子树除草。心里还是念着你爷爷！我和你爸商量了，再打理打理那片柿子林，忙的时候就带着你奶奶去地里转转，也省得你奶奶老是自己去，又找不见路。

我蜷缩在沙发里，哆哆嗦嗦地挂断了电话。烟花绽放的时候，爆炸的声响使我心惊胆战。望着窗外的人群，他们的脸上带着笑意和醉意。我站在那儿，突然觉得无比清醒。

屋门被推开了。新郎带着新娘走了进来。新郎手里端着一只崭新的玻璃杯，新娘手里拿着一条粉色的毛巾。高个子大叔对他们说，你们的同学在这等很久了，远道而来，不容易啊。新郎和新娘一起，朝我走过来。

那是一个个子高挑、眉眼清秀的男人。他的轮廓有些像方平，但却不是方平。他和新娘面对我时，显然有些疑惑。

我却突然如释重负：喂，记不起我了吗？我是大学同系隔壁班的许莹莹啊！我出差刚好路过这边，听说你结婚了，来讨杯喜酒喝喝，沾沾喜气！

新娘温柔地笑着，似乎对我的话没有怀疑。我侥幸地笑笑，脸都有些火辣辣烧灼感了。新郎还想说些什么，但院子里突然有人叫起，他们又该去给长辈们敬酒了。新娘无奈地笑着赔不是，抱歉了，我们又得出去敬酒了，一会儿歇下来，大家坐一起好好唠唠。真是抱歉。

没事没事，恭喜你们，祝你们百年好合！

新郎带着新娘走到院子里去了。我从口袋里掏出那个装好的红包，拿到八仙桌去记账。记账的大叔认认真真地用软笔写下：许莹莹，壹仟元。高个子大叔拿来一包沉甸甸的喜糖递给我，憨厚地笑着。

我把喜糖装进背包里，走出红色旗子招展的院子时，我在门口站定，抬起头来望向氢气球上的名字：恭喜张浩先生和刘丹女士喜结良缘。

夜风有些凉意，我裹紧了帆布风衣，但风还是顺着衣服的缝隙一个劲儿地往身体里面钻，像些絮絮爬动的虫子。天就快要放亮，远方的山尖有些微白的光，山路上闪动着一些身影，正往山谷深处移动，其中有两个身影走得极慢，间或停下来，他们让我想起桐花村，想起那片火一般的柿子林。

本文发表于 *ONE* 2019 年 11 月

奔跑的柿子树

大雨落在半截塔

在我入睡之前还有几里路要赶，

在我入睡之前还有几里路要赶。

——弗罗斯特《雪夜林畔小住》

从通往半截塔村的公交车上下来时，已经是夜半。雨水淅淅沥沥，潮湿的空气游走着，抬眼望去，夜色一片空蒙。村庄的一切都被包裹在黑暗里，影影绰绰。

这儿是五环外的村庄，一到晚上，格外寂寥。她意识到回南三环的公共汽车和地铁的最后一班也早已出发。夜风吹来，四下里黑洞洞的，她从小就惧怕黑夜，在夜里，原本在白天寻常的事物似乎拥有了狡黠的眼睛，闪闪烁烁的，令人看不分明，脑海里便有那些聊斋一般的想象渐次跳出来。往远处望去，街道上的灯火都被人家封锁，它们是属于别人家的温暖。只有不远处的一家理发店闪着橘黄色的两盏灯，在夜幕下灼烧出两个温暖的空洞。

她朝着那两盏灯的方向走去。那些紧闭的大门上用各色的笔写着一些潦草的字，"房屋出租，拎包入住"，又或者是"内有恶犬，请勿进入"。跟跟跄跄地走在街道上，她有些后悔夜晚时的冲动。就因为在走廊里听信了那个女人的话，便毫不犹豫地到这儿来了，走出医院的时候，她感觉自己的身上被赋予了某种重大

　　　　　　　　　　　　　　　　　　　花园荒芜

的责任，陈南的命运就掌握在她的手中了。

站在熙熙攘攘的下班人潮里，迎面驶来一辆公交车，上面写着"木樨园—半截塔"，半截塔这个地方，陈南刚来北京的时候在这儿住过一个冬天，她那段时间的周末里经常坐公交车从北三环过来，那时，陈南还在她身边。

但此刻黑夜里的半截塔，令她感到完全地陌生，她甚至怀疑之前和陈南一起到的半截塔村，或许不是现在她所在的这个村子。但她也无法找陈南确认了。陈南已经昏昏沉沉地在医院里躺了一年多，尽管照医生的话来说，陈南是幸运的，起码他还活着，但他孤零零地躺在那张白色的小床上，别人在他旁边吃饭走动大声说话，他只是木木地看着天花板。他的模样瘦得骇人，头皮上的发早已经被剃得干干净净，看上去越发虚弱了。他的饮食越来越少，但脾气却变得越来越糟，桌板上的一点阳光都能令他勃然大怒，又或是他用微弱的语气问她几点了，但她一时没来得及回应，他的神色就暗淡下去了，仿佛两人正在无边的暗夜沉默对峙。医生建议回家慢慢调养，尽管希望渺茫，但跟在医院里也没有太大的分别。对于照顾他这件事，她没什么信心，陈南生病的这段日子以来，她已经觉得筋疲力尽。但她尽可能地不在陈南的面前表现出劳累或是厌烦，她出现在他身边的时候总显得脚步轻快，只是后来，那些她一开始心甘情愿做的事情，譬如中午休息的时候从单位坐公交到医院给陈南送饭，又比如凌晨爬起来给陈南找止疼的药，这些事情，不知道从什么时候开始，她得强迫自己去做。

走在夜晚的半截塔村，她辨不清方向。走到一团黄色的空洞中间，她抬眼望，门上方挂着一块黑体字招牌——双灯理发店。还没来得及多想，一个高挑瘦弱、眉目清秀的男人迎了出来。

"晚上好，要做头发吗？"那男人看上去只有二十多岁，但一开口却是与年龄极不相称的儒雅气质。

她摇摇头，站在那儿，但一时又想不出接下来去哪儿，雨越下越大，看来一时半会儿是停不了了。村子的深处如同看不清的深海，翻滚着令人不安的气息。

"没关系的，进来坐一会儿，避避大雨也好。"那男人依旧微笑着，温柔的脸庞融化在昏黄的灯光里。

她跟在他的身后，走进了理发店。

这家理发店看上去与平素里她见过的也没什么不同，白色的墙，黑色的桌子和座椅，深处角落里的墙边立着一排排米白色的储物柜，浅蓝色的地板上还残留着一些破碎的头发。电吹风、电夹板、梳子、洗发膏凌乱地散布在桌子上，角落里，洗头盆看上去有些老旧，泛着微微的黄。

那男人请她坐在一把黑色的转椅上，那把椅子似曾相识。又给她端来一杯温水。他说他叫肖成，在这家店里工作已经两年多了。这是一家新店，半年前才开张，原本是开在三环里的群租房小区楼下，但后来群租房被拆了，他们没办法，就搬到了这五环开外的半截塔村。

这个场景似曾相识，曾经陈南初来北京时租住的群租房楼下也有一个突然就被拆掉的理发店。两年前，陈南辞掉了老家的工作，来北京找她，那时，她还在读书。他出现在她眼前的那个下午，她惊喜得眼泪止不住地掉落。为了和她在一起，陈南决定留在北京工作，为了节省开支，他们拿着一张地铁图，选择了五环开外的天通苑、半截塔。那些日子，她下了课就和陈南一起去看房子，在半截塔村，那些看上去还比较干净和方便的房子大都是村人自建的，有的房间单租，有的可以给年轻人合租。他们跟在各个房东身后，沿着高低不平的自建铁质楼梯，深深浅浅地走在群租房之间。最后，陈南租下了一间群租屋，房间只有十几平方

　　　　　　　　　　　　花园荒芜　｜

米，但却是三人合住。房东——那个满是皱纹的老妇人把房间的钥匙交到陈南手上，她说，有事儿再联系她，她住的地方离这里很远。

那些日子，有时陈南的室友不在，她也会到那小房间里去待一会儿。没有电梯，楼道里黑咕隆咚的，他们就顺着老旧的楼梯嗵嗵嗵嗵地爬，陈南牵着她的手，一路向上，倒也不觉得多累。六楼走廊尽头的一家，就是陈南住的地方。打开门的时候，一阵刺鼻的臭味扑面而来，她只觉得喉头奔涌着一股热潮，忍不住弯着腰干呕了几下，眼眶里突然也就有了滚烫的泪。陈南说是屋里的马桶堵了的缘故，这种马桶也没法修，因为地下的水管子早就不通了，得找看楼的大爷，大爷那有粪桶和木舀子，但是那大爷很忙，想请他来淘粪也得提前半个月找他预约。陈南住的那卧室十几平方米，里面放了三张单人床，衣服袜子卫生纸可乐罐都散乱地堆在床上和地上，大理石地板上有些黑点和灰尘。她终于知道陈南后背上密密麻麻的红疙瘩是怎么来的了。这小屋里到处都是脏兮兮的，连个落脚的地方都没有。陈南个子很高，床却只有一米五，晚上睡觉，半截腿都露在外面。她只觉得心里难过，像是有什么尖锐的东西划过心里最柔软的地方，一次一次，直到鲜血淋漓。

吃晚饭的时候，他们去楼下逛，像两个流浪的人。路过一楼的理发店时，那儿前一天还好好的，她还进去剪了刘海，但只隔了一夜的时间，就变成了一片废墟。只有一把黑色的转椅躺在砖石瓦砾中，路上的人来来往往，似乎没有人留意那个被拆掉的理发店。不过昨天下午，她在来医院的地铁上，碰到了那个店里的理发师。她有些惊喜，问他现在去了哪儿。在人群中，那瘦瘦高高的理发师有些诧异也有点儿害羞，说话时脸蓦地就红到了耳朵根下，他说后来就不做了，店早就散了。

街道上的雨水还在下，沙沙的声音令人觉得心里蓄着一汪沉默的水。肖成问她怎么这么晚还没回家。他的语气温柔，像是不断从门口轻轻吹进来的风，但在雨水落地的涟漪声，他的声音又显得有些空灵。今天晚上，她满脸凄惶地从医院出来，她的黑色 PU 皮包里还装着陈南的一双袜子，那是她在出租屋里洗干净以后带过来的，陈南总是说脚冷，虽然盖着医院的厚被子，但他还是在夜里瑟瑟发抖。她想着被子再厚盖在身上，也总是会有夜风吹进去，或许不如薄薄的一层袜子，它总是紧紧地贴在皮肤上的。

理发店里的灯光泛着黄晕的暖意，门外的雨水哗哗流淌，店员们收拾着白色地板上的碎发。他们嘻嘻哈哈的声音在屋里欢快地碰撞游走，她很久都没留意过周围的人了。他们收拾完东西，陆续地与肖成告别，肖成坐在她旁边的一把黑色转椅上，冲着和他打招呼的每个店员微笑。她坐在那儿，显得有些拘谨，窗外的夜色越发浓重，该怎么回到南三环的出租屋去呢？

"要不你帮我修剪一下头发吧，或者你准备下班了，那就算了。"她想着，大不了就走到雨水中，沿着马路一直走，看沿途有没有可以入住的旅馆，或者就在路边的某个长椅上坐到天亮。连日来的奔波已经让她觉得自己此刻正像是一条奄奄一息的鱼，一边张着嘴巴艰难地寻找喘息的机会，但也并不抗拒这种干渴状态的持续。

在一起七年多的时间里，他们对彼此的熟悉就像是长在手臂上的那颗褐色的痣，她和陈南已经无比习惯对方，很多时候，陈南还没开口，她就知道他想说什么了。她的判断往往是准确的，而正因为这，使她避开了一些和陈南的争吵。比如陈南说拍婚纱照这种事情，那就是耗时费力的，拍出来给别人看，其实在他看来，根本就不需要拍。再比如她想往他们租住的十平方米的小次

　　　　　　　　　　　　　　　　花园荒芜　｜

卧里放个小冰箱，但在陈南看来，这也没有必要，因为小屋里根本就放不下多余的东西了。她想着或许可以放在外面的公共空间里，但陈南觉得肯定是没地方放的。她看着公共厨房桌台上摆满了别人的锅碗瓢盆，客厅里也被其他租户堆得满满当当的，那为什么，自己就不能用点地方呢？但她心里知道陈南的想法，要是再执意说下去，两个人势必会争吵。争吵是颇伤心力的一件事，她讨厌那种感受，就像是用激烈的动作和带着锋利锐角的话语，把人逼到一个仄狭的角落里去，不愿开口的那个人，反倒成了发泄愤怒的靶子。

陈南病了以后，他们的交流就更少了。陈南的脾气从确诊后开始变得更加暴躁。他不愿意说话，也不愿听人说话。她同他说话的时候，总显得小心翼翼。原本打算说的一段话，总会简短为一句。做完手术后，他总是穿那件高领灰色秋衣，把脖颈处的伤口遮得严严实实的，一点缝隙都不留。医生说伤口不能老出汗，容易感染，她哄着他把那件衣服换下来，但他沉默着，像是一头随时会发怒的野兽。她再劝，他就要发火了。她知道他的执拗，也就作罢。

门外有几个人结伴走过理发店，脚步声错落，她这才有些缓过神来，她已经很久没笑过了。肖成的双手在她的干枯的发间游走，不时用梳子把那些分叉打结的头发梳开。肖成一边打理着，一边说，你这后面的头发，几乎全是白发了。坐在椅子上，后面的头发她是看不到了，事实上，她很久都没仔细地照镜子了。这一年多的生活里，从没有留出照镜子的时间。夜里，她陪床的时候，听见走廊里有两个中年女人正在聊天，其中的一个女人声音沙哑，说话的语气热切而又急促，她说，实在没办法的话，或许可以去半截塔那儿找一个"神医"看看。说来也是奇怪，有的时候，人生了病，在大医院拿药打针做手术，折腾来折腾去也不见好，倒是把人折腾得没了形。但这时候要是能找到一个村里的游医，不消几服药下肚，就有了奇效，不出半月，人就慢慢好了。

陈南的呓语断断续续，他的噩梦持续很久了。他总是在半夜里尖叫着醒来，像是被山间的猛兽追逐。她想问陈南做了什么梦，但话到嘴边，她觉得似乎又没有问的必要，肯定是可怕的梦境，与疼痛相关，与死亡相关。陈南也不肯向她吐露关于梦境的任何一个字。他惊醒后就转过身去，脸冲着墙，她看到他单薄的身子微微抽搐，像是一片即将被风吹落的叶子。

肖成让她躺下来洗头的时候，她感觉周身都变得放松了，就像是躺在一片微波荡漾的水面上。雨水落在街道上，也落在她干枯的心里。她轻轻地闭上眼睛，眼皮合在一起时酸痛感袭来，温热的眼泪止不住地流淌，她没哭，只是眼睛太疲倦了。她越是想要忍住眼泪，它们越汹涌而出，接连滑过干燥的脸颊。泪水流过的地方，有些火辣辣的疼肆意蔓延开来，痒和疼交织在一起，让小肚子也变得有些莫名地空虚。她忍不住伸出手想把脸上的泪水擦去，但盖在理发布下的手还没抽出来，肖成已经拿了热毛巾，轻轻地碰触她的脸。热的水汽让她的毛孔尽情地张开嘴呼吸，她沉浸在这样的时刻里无法自拔。

她问肖成半截塔村里是不是有个神医，专门给得了重病的人诊疗的。肖成说神医住的地方就在他租住的小巷子里。肖成想了想又说，其实神医也不见得就有效，因为那些慕名而来的人大都是在医院里没法再好转的了。神医给他们开点中药，告诉他们说有奇效，病人喝得带劲，家人也觉得突然有了希望，毕竟病人突然振作了。但到底是心理作用还是药物真的有效，还真不好说，再者说了，那些抓了药回去的人，很少有回来持续抓药的，神医家的门前常见新面孔，很少有旧相识的病人。

其实，出发之前，她似乎已经知道了这次来的结果，那个女人口中的"神医"或许只是一种精神的托付。陈南经历了两次手术，脖子那儿几乎全都切空了，只剩下骨头和食管还保留着，他的身子也越发瘦弱，即使偶尔他的精神振奋，觉得自己要和疾病顽强斗争，但这种振奋，总是持续不了几个小时，他颤抖的身体就先投降了。

她在洗头的椅子上仰面躺了很久，感觉像是睡了长长的一觉。睁开眼睛的时候，肖成就坐在她身边的一把黑色转椅上望着她。他的目光温润清澈，微笑时有些害羞滋生出来，再递给她毛巾的动作也就变得有点儿慌张，不似刚才那般镇静。理发店外的夜色深重，秋天的露水气息游走在微凉的空气里，她不禁打了几个寒战。

在没有星光的黑暗中，她沿着街道上深深浅浅的水洼一直走，不知道自己走了多久，也不知道自己是什么时候回到医院的。推开病房门的时候，陈南还在沉沉昏睡着，她脚步疲倦地走到他身边，坐下来，看着他已经瘦得没了人形的脸庞。她想，她或许还是要去半截塔村寻找那个神医，即使只能让陈南振奋一阵子，或许也比现在这样日日颓丧地煎熬着好。陈南醒来的时候已经是中午，他的眼睛浑浊，瞳孔周围有些黄色的絮状物，就像是铁锁上生满的锈。看到她的那一刻，他的眼睛亮了一下，但很快就像是被风吹灭的蜡烛，暗淡下去了。他拒绝吃东西，也拒绝说话，只是躺在那儿，盯着她看，目不转睛地看，有些愤怒但目光不久又轻松了，像是获得了某种解脱。她想着自己与往日也没什么不同，或许只是平日里不修边幅，头发干枯地搅乱在一起，昨晚上经过了一番打理，变得整齐了。她伸出手在头发间摸索那枚发卡，但却没找到发卡的踪影。

陈南说，阿一你昨晚睡得太沉了，我夜里想喝水，怎么叫都叫不醒你。陈南还说，阿一我觉得咱们俩的事情，或许也应该趁着我清醒的时候，一起做个决断。她有些惶恐，双手停在了干枯打结的头发里，她的头发像是一蓬枯草，纷乱地纠缠在一起。她努力回想着昨天晚上发生的事情，她下班以后，在单位门口买了小碗菜和馒头，就脚步匆匆地往医院来。陈南吃饭的时候，她在走廊里听见了那两个女人的交流。但她此刻又觉得庆幸，她宁愿自己依然沉浸在陈南生病的悲伤中无法自拔。

这些日子以来，她总是只睡几个小时，有的时候，自己甚至分不出究竟是在梦中还是在现实里。下午，走出医院大门的时候，她的脚步停在那儿，阳光明亮，天空很蓝，有一群鸽子正从头顶掠过。她本来是到这儿给陈南送晚饭和那双洗干净了的白袜子，但却只看到陈南空荡荡的病床。她的头剧烈地疼痛着，眼前的街道正迅速变得斑驳模糊，她战栗着伸手去掐风池穴，一枚潮湿的樱桃红发卡坠落，砸在灰色的水泥地上。

她恍惚地蹲下身去捡拾起那枚发卡，双手颤抖地擦去上面的尘土，然后装进包里。小包里空荡荡的，只有一双被搓洗得柔软温暖的白色旧棉袜。

本文发表于 *ONE* 2020 年 11 月

战马超

在泥泞重现之前，会有很长时间；
在第一声鸟叫之前，会有很长时间：
所以，关了窗吧，别去听风，看风搅动的一切。
——节选自弗罗斯特《此刻关上窗户》

她到达"渔人码头"小店的时候，天还没有黑。雨后，夕阳如同一枚腌制过的泛红鸭蛋黄，悬在写字楼的玻璃墙边，它正在快速地坠落。天空蓝得澄澈，冰镇过一般，是悬在头顶上的一方遥远的湖水，一架民航飞机从渺无云烟的天空中飞过，机身的夜灯闪烁，像是一条闪闪发光的银鱼。

小店里很清静，她感到周围有一些颓败的气息正在游走，桌子上有一些凝结的油渍，被湿抹布擦出一道道笨拙的痕迹，像一些苍老的皱纹。老板娘金靖彩坐在赭红色的柜台后打着盹，紫红色的消瘦脸颊如同一只失去了水分的无花果正日渐干瘪，同半年前她第一次见到金靖彩时的样子很不相同了，眼前的金靖彩正在加速地老去。她同金靖彩苦笑了一下，金靖彩面无表情地点点头，示意她可以坐在沙发上等待。沙发前有一台小电视，里面滚动播放着港城京剧院的一些精彩节目集锦，供给来店住宿的年轻人观赏。

她每天都来，就坐在门口的那个灰色沙发一角。

　　温暖的气息在小店里游走，她感到一阵亲切，这样仄狭拥挤的温暖，她曾经也拥有过。"渔人码头"小店的味道像极了她和陈南曾租住过的出租屋。这样的气息令她无比眷恋。但她很快就意识到，这种熟悉的亲切感倏忽间就会消失，于是，沉溺在其中的时候，便觉得有些心惊胆战。是啊，不管在一起的时光多么地明艳、温馨、美好，它们不久后都会被时间河流湮没。

　　她瞥了一眼小店蓝色窄门外的天空，港城的海风如同浸过盐水的碎纸片一般带着清晰的棱角，擦过肌肤时有粗粝的触感。门口的两辆双人自行车上沾着一层细密的水珠。咸涩的海风不时从门缝间钻进小店里来，尽管柜台上放着柠檬味的熏香，但她还是嗅到了店里那股若有若无的腐烂味道。

　　一对年轻的情侣走进小店里来，女生双眼红肿，苍白的脸颊上还残存着几许未干的泪痕，像是正在干涸的河道。男生跟在女生的身后，赌气似的拉开一段愤怒的距离。他们站在前台那儿登记，老板娘笨拙地从抽屉里取出登记卡，放在桌面上，耐心地等待他们拿出自己的身份证来做登记。

　　半年前的初夏，她和马超第一次走进这家小店。站在柜台边登记的时候，她显得有些紧张，那时她正背着那只黑色的双肩书包，拘谨地立在靠近楼梯口的毛巾消毒柜旁，像是一个胆怯的学生担心着自己随时会被提问。但马超却不同，他似乎已经是这家小店里的常客，一脸平静地站在前台，又认真地在单据上写下自己的名字。她望向他棱角分明的侧脸，仿佛看见一座侧卧的小山。她喜欢他的沉静与从容，像极了陈南。

　　那时，"渔人码头"小店新开，不似那些开在港城大学旁边热闹街巷里的旅馆，它隐藏在低矮茂密的沙滩松树里，在港城京剧院的北面。港城里没有一班公交车经过那儿，马超和她也是在海边散步的时候偶然撞见这个小店的，偏僻，但却宁静。小店周围甚至可以用"荒凉"来形容，偶尔有车沿着滨海马路驶过，那灼热的灯光也难以穿透遮挡的松树。

冲着店门口的房间里有呻吟的声音传来，哼哼唧唧的，又夹杂着难以忍受的、烦躁的叹息声，缥缈但却无比真实。老板娘金靖彩用手支撑着桌子，慢慢站起身来，浮肿的脸如同一个发过劲儿的馒头，灰黄，没有弹性。她知道那个呻吟声音的来源，是在一楼楼道的最深处，那里有一个从不曾开放的临海的房间，即使是在海边生意最好的五月和十月，连门后的储物间都住进了旅客，那个房间也从不在预订的名单之列。

她预订了一间大床房，2202 房间，在二楼电梯口的左手边，那个房间的门口常常摆放着一个置物车，黄色的塑料桶里堆满了其他客人用过的毛巾。那些毛巾许多已经渍成了浅黄色，还有一些肉眼可见的污迹，明明暗暗。第一次来这里住店，她和马超就住在这个房间，经过门口的置物车时，保洁正把一条沾满水的浴巾从隔壁房间里拖出来，一脸嫌恶地扔到塑料桶里去。那条湿漉漉的毛巾半挂在桶上，像是一条正在死去的鱼。她想说要不就去前台问问，让给换一个房间。但话到嘴边，她还是咽了回去。她的目光瞥向站在一侧的马超，那张瘦削苍白的脸上没有波澜，像是楼梯口那方安然的海。

马超一直就是这样的。他最富有激情的时刻是在港城京剧院的舞台上，那也是她和马超初见的地方。半年前那个初夏的傍晚，她把咄咄逼人的老板和吱哇乱叫的陈小虎丢在身后，沿着海滨公路一直走，穿过海水浴场和月亮湾，一直走到渔人码头那儿去。夜晚的港城海滨，寂静是它的主要风格。那一天，太阳早已落进海里，雨水从早上飘到黄昏，到处都是湿漉漉的海风和雨丝，海的远处，尽是空蒙。码头上的人却不少，熙熙攘攘地排着

战马超   113

队往广场深处去。她走得有些疲倦了，这一晚也没有什么别的安排，便跟在排队的人后面，也往广场中央走去。

走到临近处，她猛然抬头才发现原来这儿是港城京剧院。剧院门口放着一面很是复古的彩色海报，页面泛黄，文字已然有些褪色，其上黑色的行书潇洒飘逸：魅力夏日——第二届青年京剧演员擂台赛。

她并不太懂京剧，唯一熟悉的曲目是《战马超》。头一次听《战马超》还是陈南在身边的时候。三年前陈南做过一篇有关马超的历史人物评论，在他写文章的那段时间里，家里随处可见陈南打开的书籍，那些书有的展开放在书桌上，有的被翻开，合在沙发靠背上又或是餐桌的一角。她原本对马超这个人物没什么印象，但陈南翻开的那些文字里，有一些只言片语，她不经意间就记在了脑子里，"狮盔兽带，银甲白袍，意气风发"，"若论风貌诗书品，雄秀当推锦马超"，在她心里，马超的气质竟莫名地与陈南有些相像。

陈南离开以后，她常常混淆了白天和黑夜。有时一觉醒来，已经是天已黑透的夜晚。就在前天，她一个人撑着伞径自走到了剧院门口。门口挂出的海报是《武松打店》，她没有看到"马超"的名字。进了剧院，湿漉漉的伞就立在脚边，人不多，舞台上铿铿锵锵人物挪移，剧院里游走着一股冷清而又荒芜的气息。

她在第一次见马超时的座位上坐定，那儿正靠着出口，能看见舞台一侧正在候场的演员。她依然记得马超站在候场区时的情景，那儿有许多人一并站着，大家都很安静，但她依然在人群里被他吸引。在有些暗淡的角落里，马超定格成一枚清瘦的剪影。浅蓝色的挺拔戏服下，隐隐地廓出他均匀修长的身板，他静静地站立，像是一个站在黄昏中的少年，风度翩然。

她和陈南曾挤在六平方米的小次卧里，一起听过京剧《战马超》。陈南听得高兴就从床上跳下去，光着脚去门口的立柜那取来京胡，神情沉醉地拉上一段旋律。她印象里的"马超"应该是一个健壮的轮廓，至少在和张飞的挑灯夜战中能够看上去足以抗衡。但马超一上场，她坐在远处望过去，舞台上竟然是那么瘦弱又干净的一个男孩。但他目光炯炯，神采卓然，一开口，字音流转，清脆的声音里透着些青年的稚拙与坚毅。

她脑海里的"马超"模样就瞬间清晰起来，没错，他就是最合适的模样了！

那一天，《战马超》是擂台赛的最后一个节目，总有人陆续起身离场；也有人凑在一起聊着与节目毫不相干的事儿。杂乱，吵闹，没有秩序，像是一些或行或立叽叽喳喳的鸟雀。她望着台上依然无比投入的马超，心里忽然有点儿酸酸涩涩的味道，它们一股脑儿地涌向喉头。

后来，她也问过马超，你在台上，能感觉到观众的情绪吗？

马超笑笑说，当然，一举一动。

她还问，台下那么乱，你还有心思唱下去？

马超依然从容，他说，我在戏里。

马超单纯得像是一个从戏文里走出来的人。

对马超这样的说法，她丝毫不感到意外。他总在演出后的深夜来到她的身边，用纤瘦的手指敲击她的房门，她欢快地奔到门口去，迫不及待地拉开门，他那张清秀温和的脸就呈现在她的面前。在阴雨天里，他有时会把装着戏服的行李箱带过来，她便央求他打开箱子，穿上那身白地蓝蟒的戏袍和云肩给她唱一段。有时他们坐在落地窗边的圆桌上吃晚餐，整个过程都很安静，只有食物咀嚼的声音在房间里游走。

但这样的安静让她觉得马超终有一天会离她而去。他似乎从没有说过什么亲昵的话，也从没有给过她任何承诺。只是在下雨的夜晚，马超会在入夜后来到她身边。她渴望马超到来的时刻，就像是在港城京剧院初见的那个夜晚，一颗雨花石激起一潭静水的无限涟漪。

在此之前，她的生活正是一潭被遗忘的水。日子按部就班地往下进行，一切发生得那样平淡。大学毕业以后，她在港城的一个培训班里教小孩子学语文。培训班开在一处老旧的住宅区一楼，是个三居室的房间。老板和老板娘，以及他们的侄女，再加上她，一共有四个老师。平日里，排给她的课不多，一般是老板和老板娘教得累了烦了的时候，就会给她排几节课，但那都是临时的。她常常觉得自己就是一副备用的碗筷，只有等到别的餐具都被占用或是磕了碰了不能上阵的时候，她才会被摆到台面上来。她的固定学生也只有一个——开学后要迈入一年级的陈小虎。

没人愿意带陈小虎，因为他年龄太小，智力也比寻常的孩子要差一些。家长送来的第一天就明确了给孩子报班的主要目的：吃好晚餐，上大号擦屁股。这样的工作内容自然赚不到多少课时费，因此这个活儿也就自然而然地落到她的头上。每天下午三点二十，她都会沿着弯弯曲曲的街巷，走到两公里以外的小学门口，站在一群上了年纪的大爷大妈中等待陈小虎放学。

走在去接陈小虎的路上，她总会感到一阵莫名的空虚，当下，她的生活也就像是这日日要走的两公里，看似没什么辛劳，但又常令人感到厌倦和无奈。再加上陈小虎每次见到她，一脸的不情愿，一路都要嘟囔着我妈呢？我爸呢？我奶奶呢？他们为什么不来接我？这就愈发让她觉得自己的多余——别人似乎都比她更适合。

陈小虎说这些话的时候，她假装自己没听见，也并不在意，只是用那只完整的右手拉着陈小虎脏兮兮的小胖手跟在人群里往外走。陈小虎走得一愣一愣的，扁胖如柿饼的脸上写满一种不服气，仰起头来看她时的眼神里似乎带着一种简单而又明确的嘲讽。他同那些人都一样。她索性不再看他，也装作没有听到他的嘟囔，只是拉着他一劲儿走。

她不是没想过和陈小虎好好相处，接到陈小虎的第一天，她给他准备了崭新的笔记本和钢笔，还特意从家里找出了带着柯南漫画的包装纸精心地将它们包起来，并且细致地缠上蓝色的丝带。她甚至在前一晚写了一封信，里面字字句句尽是欢迎鼓励与欣赏。但陈小虎一到教室就嚷着要上厕所，拉完后在厕所咿咿呀呀大叫，她拿了卫生纸去马桶边，但陈小虎却一噘嘴，嚷嚷着要拿礼盒的包装纸擦屁股。她在呛人的臭味中试图说服这个吱哇乱叫的孩子，但他并不能听进去任何一个字，像是一个程序失控的玩具，从马桶上哭喊着下来，裤子沾了粪便，堆在脚踝处，又被踩在脚下。她索性一狠心，把包装纸撕开，一边忍着懊恼接近他，一边攥住他的胳膊给他擦屁股。

再后来，或许是因为她总是静默地坐着，并不讲话，陈小虎的姐姐来接的时候，同老板不无抱怨地说能不能给她弟弟换个老师，老板那躲在厚厚的近视镜下的幽深目光便瞥向了正在角落里的她。太内向——这是身边人对她的评价。从小到大都是这样的，欢快、活泼、外向、积极这样一类的字眼从来不会出现在她的身上。她无数次想起那个雨夜，母亲抱着高烧昏迷的妹妹指着她的鼻子吼："为什么所有的不幸都要降临在我们身上！都是你，都是你整天阴阴郁郁招来的！"她蜷缩在角落里，感觉到脑海里一片混沌，父亲出走，弟弟落水，妹妹重病，所有的一切都自然而然地发生着，她和母亲一样，本是这些事件的承受者和受害者，她也曾在深夜里躲在院子角落里撕心裂肺地静默哭喊，她用右手的指甲把裸露的大腿划出一道道带着血丝的伤疤。但她又无能为力，直到她成为了母亲眼中愤恨的对象。

大学毕业后，只有和陈南待在六平方米的小屋里，在紧紧相拥的温暖空气里，她的哭声和悲伤才通通都被遮蔽。陈南送给她一把京胡。他说那胡琴的材料都是自己搜罗的，光把材料备齐就用了整整半年的时间，从前一年的秋天到第二年的盛夏。细长的琴杆用的是白竹，弦轴是专门淘换的黄杨木头，最难得的是琴筒上的那块蛇皮，是老家的爷爷从村里老中医杨家弄回来的，用了两个碗口那么大的野灵芝才换回来。

她从衣柜的最深处把陈南留下来的那把京胡拿出来给马超看过。马超抚摸着琴筒上的灰色蛇皮，仍旧是一脸平静，但他随即端坐在饭桌前，正襟危坐地拉起来。在他的琴声中，她心里又感到一阵澎湃与热切，这把琴很久都没人触碰了，陈南离开以后，她没再听见过这京胡的响声，她不懂音律，自然也不会拉琴，但她却又时时盼着它再次发出熟悉的声音。直到马超出现在她身边。

马超总是认真地听她说话。她常在下雨的黄昏同他说起那些每日发生的不断重复又索然无味的小事。她说辅导班里的老板简直不能更抠门了，她每个月只有两千出头的工资，但是还要被扣掉看自习的部分，算下来，拿到手的只有一千七，交了房租，就不剩什么了；她又说，大学毕业的时候原本她参加过一次研究生招生考试，但是那次准备得不充分，离学校的面试线差了一分。她一直觉得有点儿可惜，说起来，她也能忍受生活现在的样子，起码可以自食其力，也不会给别人的生活带来什么麻烦；她还说，我很担心会有那么一天……但她的话没有说完。她在心里想着，要把马超留下来，就像戏文里那样。

她想过许多办法把马超留在身边。在天气就要放晴的早晨，她渴求马超留下来。但马超的态度却总是坚决的，不像在下雨的夜里，他会坐在她的身边，认真地听她倾诉生活里的一点一滴。她哭泣的时候，他会把她拥进怀里，轻轻地抚摸着她的肩膀。每个晴朗的早晨，她醒来时，马超已经拎着行李箱出门了，箱子里都是他的物件：戏服、化妆包、衬衫、皮鞋以及一些从戏剧院门口买的提子酥。马超总睡在沙发上，他和衣睡下时，她在凌晨起来煲汤，站在厨房的灶台前，切好葱段、肉丁和冬瓜，甚至她还从家居店里买来了一对精致的瓦罐，专门买回来给马超用。从夜晚到清晨，她总是要耗费三四个小时的光景，做出一桌子的饭菜。为着夜晚做饭时发出的叮咚声响和喵喵的剁肉声音，邻居已经不止一次地敲响她的家门。但这依然不能阻止马超的离去。

和马超交往半年后，她越来越觉得马超的冷淡和疏离。这样的不安定感让她每天黄昏时都要去港城京剧院的门口等马超出来。她并不知道马超几点下班，甚至也不知道他这一天有没有来到剧院。但只要看到剧院门口摆着的《战马超》的海报，她就知道马超一定在里面。放《战马超》的时候多是在下雨天，因为马超算得上是剧院里的角儿，即使下雨，也会有老戏迷来到剧院，只为得听他的戏。这是马超自己说的，即使每次到武打部分时，已经陆续有人离场了，但那些老戏迷却总是要听到最后谢幕的，他们还要鼓足了劲儿地给这场戏的演员们鼓掌。

为了去见马超，她也顾不得接陈小虎放学了。刚开始是偶尔请下午的假，老板窄窄的眼睛一眯，眼睛里流露出为难的光，他说，阿一啊，老请假也不是个事，年轻人有困难还是要克服一下嘛。她知道老板早已经开始寻找其他的能来工作的大学生了，陆陆续续的新面孔都是来参加试讲的，本来这个工作也并不是非她不可，她大学毕业那年来面试的时候，老板看着她圆圆的左手掌，只说让她来实习一阵，代一段时间的课。老板的话欲言又止，她知道，一旦有了更合适的人，她就会被替代。但这也是无可奈何的事情，毕竟，在别人眼里，任何一个条件和她差不多的人，身体都是健全的，都能完全甚至更好地替代她。

就连陈小虎，那个智力发育比同龄人要慢一些的孩子，都能感觉到她的窘迫与软弱。他常常盯着她的左手掌，脸上流露出难以置信的表情。她的话从不被认真倾听，她的心思也从来不被仔细琢磨，除了曾经陪着她的陈南和认真听她说话的马超。她决意要把马超留在身边，于是在那个飘雨的傍晚，她头也不回地走出了辅导班的门，只留下气急败坏的老板和放声诉苦的老板娘。她沿着湿漉漉的海滨公路一直走到港城京剧院那儿去，在剧院门口的沙滩上打算一直坐到黄昏。她朝不远处望过去，看到"渔人码头"小店的老板娘金靖彩正背对着门口，弯着笨拙的身子擦洗着什么。等到金靖彩站起身子走到一边去取东西，才发现原来她刚刚擦洗着的是一个瘦骨嶙峋的男人。

　　她恍然明白原来第一次和马超去"渔人码头"小店时，在前台那儿听到的呜呜咽咽的呻吟声是那个男人发出的。

　　还没看清风从哪个方向吹来，伞面已经被顶了出去，像一只举起的碗。海风夹杂着雨水扑打到她的脸上，她觉得自己像是一条溺水的鱼，呼吸都变得急促起来。海滩上空无一人，细密繁急的雨水落到翻滚的大海里，周遭的一切显得迷离而又空蒙。她终于还是决定去小店里躲躲。

　　她进到店里的时候，金靖彩正在楼梯口那儿给排队等待的年轻客人取消毒过的毛巾和一次性用具。那个男人瘦得如同一棵枯槐，骨头上只有薄薄的一层灰褐色的皮，脸上的颧骨高高耸起，浑浊的眼睛深深地陷入眉骨之间，看过去就是乌青一片。但他的目光尖锐得如同一只暴戾的鹰隼，时刻都要牢牢攫住妻子笨拙迟滞的身影。他需要她，他每时每刻都离不开她，即使他什么都表达不出来。金靖彩忙完了，才看到站在门口的湿漉漉的她。金靖彩走到前台去，拿出一张字条来，上面写着：你好，我听不懂中文，但你可以写下来。

她接过字条，从桌子上拿起笔，写下：你好，外面风雨太大，我可以在这儿待一会儿吗？

金靖彩接过字条，看了一会儿，之后面无表情地对她点了点头，又指了指沙发，示意她可以坐在沙发上等待。她感觉有些不好意思，给人家添了麻烦，她的裙子正在滴答滴答地往下淌水，但在这里，她又感受到一种莫名的温暖和安心。想起上一次来这家小店的时候，她同马超一起，她本想着和马超进一步确定关系的，毕竟他们在一起半年多的时间里，还从来没有过什么亲昵的接触。最多也不过是面对面坐着一起吃晚饭。

但那个夜晚并没有如同她想象的那般令人激动。就在她全身战栗的时刻，马超却突然推门而去，留下一团巨大的空虚。这团空虚从遥远的记忆里生发出来，带着嘲讽的气息，在出现的一瞬间就狠狠地击中了她。她失魂落魄地走下楼梯去退房，金靖彩似乎想对她说些什么，但终究还是什么也没说。

那天以后，马超再也没有出现过。她去港城京剧院门口等待，依然是下雨天，依然有《战马超》的剧目，但演员的名字却都是陌生的，扮演马超的青年叫作弋欢，那张脸比起马超来，要更丰润一些。金靖彩见她日日枯坐在剧院门口，便递来一张字条，邀请她到小店里坐坐。她觉得也好，如果马超出现，她坐在小店里的沙发上也是一眼就望得见他的。

坐在小店的沙发上，她不时瞥向斜对面的港城京剧院。站在前台处的女生低头翻检着包里的东西，一团白色的卫生纸随着她手的拨动上下翻飞。但前前后后找了好几遍，也没能找到自己的证件。男生站在她的身后，脸上并无丝毫的波澜。女生回头瞥了一眼，情绪瞬间就被点燃，她的泪水再一次夺眶而出。男生没有反应，仍然与她保持着那段距离，像是原本就长在那儿的树。面无表情的金靖彩这时转回身去，拿起那块湿抹布继续擦柜台。女生几乎要哭出声来，她拿起自己的包，冲向店外。

许久，男生也脚步缓缓地走出了小店。他们站在店门口的空地上争吵，海风把两人的嘶吼吹得断断续续……

"地图上明明显示是有的！"

"这个剧院早在半年前就关门了！"

雨后的阳光金黄而又斑驳，照在那把陈旧的京胡上，细密的蛇皮是一些苍老的皱纹，光斑闪动，如同一条要复活的蛇。她把京胡放进随身带的黑色背包里，跟老板娘金靖彩点点头表示告别。老板娘依然拿着那块抹布，依然忙于自己手里的活儿，也依然面无表情。小店的电视里正播放着《战马超》的京剧片段。她推开门，不远处，是那座早已经荒废的港城京剧院大楼。

本文发表于《广州文艺》2023年1月刊

去陶然岛

天还是没亮。

她又一次从睡梦中醒来。最近的夜晚，阿一总要接近凌晨才疲倦地睡着。她的睡眠很浅，每隔半个小时左右，她会无比清醒地睁开双眼，加倍的酸胀感翻滚而来。即便是在睡着的时间里，她也在不停地做梦，梦一直是重复的，她和母亲身处在不断涨潮的海水中，在模糊的黄色月光下，通红如血的潮水发着狡黠的光。四面都是不断涌来的潮水，它们迅速地上涨，逐渐淹没她和母亲的脚踝，继而是膝盖，紧接着胸口处也是激荡的水花。呼啸的海风里，她们不得不弯曲脊背让风穿过，不远处，有一个开满蓝色雏菊的小岛，隐隐地，能看出它海岸的轮廓。浸在水里，双腿绵软，感觉身体就要漂浮起来，她屏住呼吸让自己尽量站得稳一些，等到她一回头，却瞥见母亲的脖颈都被潮水淹没了，母亲正张大嘴巴，艰难地呼吸，像一条嘴巴里塞满黑色羽毛的银鱼。那些红色潮水在母亲张开嘴的间隙，不怀好意地灌入她细长的喉咙。她总在母亲即将溺水的瞬间突然惊醒，从床上腾地坐起来，像一只刚被人从地里拔出的萝卜。

这一晚，她睁开眼后的第一件事，就是坐起来去看床上的母亲。母亲近来的睡眠越来越深重，前几天在家时，父亲说起，母亲曾向他抱怨自己像是睡在深秋时下满露水的院子里，水汽凝重，她感到黏腻潮湿，黑夜越来越长，清醒的时刻也来得越来越晚。母亲穿着那件起了球的棉白睡衣，瘦弱的身子蜷缩成一团。昏暗的月光里，母亲的身子像是田野里发霉了的玉米，失去了水分和营养，此刻，正迅速地腐烂干瘪。月光照在母亲的胳膊上，那些半隐在皮下的圆形硬疙瘩面目可憎，让人咬牙切齿却又无可奈何，只能任由它们像是雨后残枝败叶下的鲜艳蘑菇，蓬勃肆意地生长。

在寂静中，她的眼前出现那个开满蓝色雏菊的岛屿，那个小岛似乎触手可及。她抱着双膝坐在床边，尽管这通常是人睡得最沉的时刻，但小区外的马路上，汽车仍然接连不断地驶过，从远处驶来的汽车发出的摩擦地面的声音，在接近出租屋的小窗时变得无比清晰，但很快就被下一辆车的声音所掩盖，它们听起来似乎也没有什么不同。

五年前，初来这座城市时，在一次偶然醒来的夜晚里，她漫不经心地思考，这些夜行的人到底有什么重要的事，能割舍夜晚最酣畅的睡眠。她想不出那些夜行人的样子，只觉得他们有着相似的身材轮廓和脸庞，行色匆匆，或许就像是白天时她曾在这座城市里见过的任何一张脸。

这是她把母亲接到港城来的第一天。昨天中午，她和母亲从双庙村村口尘土飞扬的界碑那儿坐上大巴车，辗转到了麻南县城，又坐了一夜的火车，颠簸了整整十三个小时，才终于抵达这座城市。列车广播说即将到达港城南站的时候，母亲一路疲倦的目光里燃起些许兴奋，她有些浑黄的眼睛望向窗外转瞬即逝的写字楼。这时正是夏天里最热的时候，太阳刚升起来，但它硕大、灼热，阳光从车窗投射进来，刺得人周身不自在，阿一并不憎恶它，反倒是窗外那些被大风吹得凌乱弯曲的杨树，让她恍然间觉得自己依然身处在那个缠绵不断的噩梦里。

阿一租住的地方在郊外的方青公寓，是和别人合租的，同住的还有其他四家租户。从房子的大门到她住的小卧室前，要穿过一条长长的仄狭的走廊。下雨的日子里，阿一有时下班回来，穿过那条走廊时，总觉得自己像是穿行在一条幽暗沉闷的下水道里的鲇鱼。走廊里凌乱地堆着其他租户们的鞋子、包装盒、大葱大蒜、没吃完但却已经开始腐烂的蔬菜水果、沾满油渍的炒锅，还有乱七八糟地散发出阴沉气息的杂物。走得多了，阿一就能很顺畅地游走在它们中间。母亲紧紧地跟在阿一的身后。黑暗里，阿一看不清她的表情。

　　平时阿一自己租住在这间小次卧里，每月租金一千二。除了上厕所和去厨房要常常排队之外，她觉得住得还算自在。小次卧只有十三平方米，放着一张狭窄的单人床，一个白色的三合板书桌，还有两个白色木漆已然斑驳的衣橱。她拉着母亲的行李箱，打开小卧室的房门，微笑地转过头同母亲说，到了。母亲点点头，有些拘谨，怯生生得像个孩子。母亲在双庙村生活了大半辈子，去过最远的地方就是四十里外的县城，她从没有住过楼房，只在县城医院和港城南站的出站口坐过两次电梯。

　　阿一是在医院的走廊里听到那两个女人的谈话的，那时，她正拿着证件焦急地排队缴费。其中的一个女人声音沙哑，说话的语气热切而又急促，她说，实在没办法的话，或许可以去陶然岛那儿找一个"神医"看看。说来也是奇怪，有的时候，人生了病，在大医院拿药打针做手术，折腾来折腾去也不见好，倒是把人折腾得没了形。但这时候要是能找到一个村里的游医，不消几服药下肚，就有了奇效，不出半月，人就慢慢好了。

　　她在网上找到了一本《港城旧志》，发现陶然岛那儿的确是有些中医渊源的。她的手指拨动，文字越划越长："传说辽代时，陶然岛一带有个孙家庄，庄里有一座观音庙，庙里的住持是一位精通医术的老和尚，经常免费为附近村民疗伤治病，造福乡邻，村民们非常感谢老和尚。因此这座观音庙的香火比较旺盛，附近几个村子里的人有了灾病，都来这个庙找住持求治。后来老和尚圆寂，村民们感念老和尚的恩德，便大家凑钱在村东南的一处土岗上修建了一座青砖塔，并把老和尚葬于塔下。再后来，不知道是哪年哪月，也不知道是什么原因，这座塔倒了。由于彼时这一带战乱频仍，百姓民不聊生，孙家庄的百姓们已经无力再重建此塔，甚至连孙家庄也不知道什么时候消失了。"

她决定带母亲去陶然岛看看。

她把母亲的行李箱放在床边，让母亲坐在自己的小床上休息，然后开始收拾桌子。三合板上散落着感冒灵冲剂，已经长出绿色斑点的黄苹果，那台用了四年多的笔记本电脑，还有半袋没吃完的瓜子。母亲坐不住，走到桌边帮着收拾。母亲做事麻利，阿一扔个烂苹果的工夫，三合板桌面已经被清得整齐有序，那些原来占地方的杂乱物件，在平时，阿一恨不得把它们拾掇拾掇通通都扔出去，但此刻竟显得如此顺眼。母亲的目光在小屋里游走，仄狭的阳台上堆着一些鞋子，冬天的靴子夏天的人字拖都混在一起。锅碗瓢盆堆在床边靠门的一张折叠桌上，一只褐色的蟑螂正趴在墙缝处伺机而动。母亲站起身来，在屋里找笤帚，阿一知道拦不住母亲，便走到对面的卫生间去，拿来一把沾满头发的笤帚，母亲看了看，在笤帚上套了一只塑料袋，开始清扫屋里的地面。

她们的晚饭是阿一点的外卖。清炒土豆丝、怪味茄子、西红柿鸡蛋汤、两个馒头，菜被装在一个个手掌大小的塑料圆盒子里。馒头有些发硬，咬上去时碎渣絮絮散落。吃饭的时候，母女俩话不多，母亲不时抬头往灰尘斑驳的小窗外望去，窗外的楼宇

花园荒芜 |

里灯火温馨而又明晰，洋溢着一些陌生的暖。黑色的天空被灯光映照得有些发黄。阿一的目光停留在母亲的胳膊上，松弛泛黄的皮下，那几个硬包刺目地凸起，似乎生长得更大了一些。

母亲自顾自地吃着，阿一的鼻头微微发酸。她看得出来，母亲并不适应这儿的生活，她跟着阿一穿过走廊的时候显得小心翼翼，母亲在家里住惯了平房天井，在这些格子一样的房屋里，她显得局促、拘谨。在隔断的拐角处遇见开门出来的张姐时，母亲的微笑显得笨拙而又恭敬，她的双手似乎也不知道应该放在哪儿才合适。阿一想，她没必要这样的。

阿一从卫生间洗漱回来，母亲还有些拘谨地坐在床边，依然笑眯眯的，像是长在那儿的一棵单薄的树。阿一取出提前给母亲准备好的洗漱用品和干净毛巾，带母亲到卫生间。母亲自己关了门，在里面梳洗。但她很快就洗好了，阿一刚回屋没多久，母亲也端着脸盆进来了。母亲洗了澡，头发湿漉漉的正往下淌水，阿一讶异母亲为何洗漱得这般迅速，她想起曾经在家的时候，夏日的夜晚，母亲在院子里，用白天搁在院子里晒好的水仔细地浸润擦拭着自己的身子，母亲很白，在月光下，她像是一条闪闪发光的银鱼，从前她总是会洗很久。这一晚，母亲睡下以后，阿一到卫生间取回母亲落在那儿的洗发膏，蓦地发现热水器的淋浴开关停在了最右边，那是不曾加温过的凉水。

屋里的单人床很窄，睡不下两个人。阿一提前从网上买了一个充气床，用气筒打得充盈，放在床边地板上，也能睡。母亲却执意要自己睡充气床，阿一索性把自己的被褥枕头一股脑地都扔到充气床上，自己也在上面躺下了，她说，你看，我睡这儿刚刚好，我怕热，你知道的。之前你没来的时候，我自己也经常这样睡，我都习惯了。

母亲瞥了一眼充气床侧边还没剪掉的标签，若有所思，她倚靠着床板，脸颊上的皮肤早已失去了光泽，显出黑黄的暗沉色块。阿一从充气床上坐起来，想跟母亲说说话，但她刚一起身，充气床摇晃得厉害，像一艘倾颓了的木船，一下子倒在床边，那条韧带受过伤的腿磕在了床的棱角上。钻心的撕裂感从身体遥远的地方翻滚而来。阿一忍着痛咯咯地笑出眼泪来，说这跟坐船一样。

母亲很快就睡着了，阿一平躺着，没有睡意。她不是没想过死亡这件事，但那时候的思考，都是听说了与自己并不怎么相干的某某某离世，心里不免触动，便想想这样的事情倘若是发生在自己的身上或是发生在自己身边的亲人身上，该要如何面对。但诸如此类的思考又总没有结果地结束，因为毕竟那是发生在别人身上的事，不处在那种境遇里，便不能理解别人的痛楚究竟有多深刻。就像是城市里日复一日在凌晨奔波的那些夜行人，他们长着模糊又相似的脸，他们出现在阿一的眼前，而后迅速地消失在川流不息的城市街道里。

现在，这样的事情要发生在母亲身上了，也发生在阿一身上。她回想起那个在医院诊室的下午，从医生通知诊断结果的那一刻，她的噩梦从白天的焦虑时分蔓延到夜晚每时每刻的睡眠，在阿一看来，现在的噩梦或许也不能称作完全意义上的"噩梦"，因为这时候的梦境里，总还有母亲。在梦里，母亲在她身边，那些在一起的时光，不管是在清醒的时候抑或是昏昏沉沉的睡梦中，它们都是闪闪发光的。母亲在的地方，那儿就一片明亮，尽管梦的结尾总是重复的同一个——母亲就要被一片血红色的潮水淹没。

月光清亮得如同一泓洒在地板上的湖水，窗外斑驳的树影在湖水中如水藻般摇曳，母亲的身影倒映在水藻间，闪闪发光。阿一躺在那儿，那个小岛的轮廓依然刻在脑海之中，幽幽暗暗，在夜光里浮动不止。

母亲睡得很沉，她的呼吸沉重而又努力，那些被吸入的空气似乎要经过很久，才能到达那遥远的伤痕累累的肺部。阿一本以为母亲要睡很久才会醒来，她透支的身体需要更多的睡眠才能恢复一二。但母亲很快就从昏沉沉的睡眠中醒来了，那时窗外的夜色浓重得化不开，阿一看了一眼墙上的石英表，一点二十二分。

　　母亲说感觉屋里有些闷，睡不着了，那张苍白的脸上依然挂着温暖的笑意，母亲爱笑，从年轻时就这样。阿一光着脚爬到阳台上，把小窗户开到最大，母亲费力地呼吸，阿一听得清她每次吸入的空气总被"嗯——"的一声阻隔在气管外。母亲说，要不出去走走吧。阿一瞥了一眼外面的天空，飘浮的云朵在深黑色的夜空里游走，这一晚没有星星。母亲拖过那只黄格子行李箱，小心翼翼地拉开，近乎一半的箱子空间，被母亲做的黄桃罐头和固元膏占据，还有两小罐研磨好的灵芝粉，一塑料袋的蒲公英草药。这些都是母亲给阿一准备的，从前都是从家乡寄来。

　　母亲没带几件衣服，她的衣服都穿了很多年，变得起皱褪色。母亲带来了那件浅淡的带着毛球的蓝色 T 恤，还有那件黑白条纹的衬衫，阿一记得那件衬衫领口曾开了线，母亲用细密的针脚缝补得几乎看不出痕迹。还有那件橙色的背心，这些年里，那件背心被不断地揉洗，衣服上立着一些细细的毛，母亲下地种花生时常穿那件。唯一一件看上去还算新的衣服是母亲前年生日的时候，阿一从网上买了寄回家的一件灰色连衣裙。母亲喜欢那件裙子的样式，但她穿着有些大了，父亲打趣说像是套个麻袋包在身上，是啥洋气的穿法。母亲说这是闺女给买的，稀罕得很。母亲不会从手机上操作退换货的程序，那段时间，阿一又常常加班，母亲曾打电话让她帮着换一件小号的，但却被阿一完完全全地忘在了脑后。

出门的时候，母亲还是换上了平日在家穿的那件橙色背心。阿一问母亲想去什么地方，母亲想了想，笑着说沿着街溜达溜达就是。阿一看了看地图，沿着辅路边的街道一直走，她们就能走到陶然岛那儿去，她忍不住又点开地图上那张照片，陶然岛的一圈，有淡淡的紫色雏菊开放。

　　阿一有点担心母亲的身体，但母亲的精神还不错。母亲说她刚刚睡得很好，感觉白天的劳累都消散了，现在是一身轻松。阿一想起母亲睡眠时艰难呼吸的样子，喉头便翻滚起一阵酸楚，她没作声，夜色里，母亲也看不清她的脸。

　　她们沿着辅路边的街道一直走，穿过那些二十四小时营业的便利店，还没开门的包子铺，刚刚清静下来不久的夜晚串吧，尽管此时是凌晨，但马路上的汽车却川流不息，橘红色的车灯闪闪烁烁，像是老家双庙村门前那条喧响的河流。街道上，很多人正在行走，骑着电瓶车的外卖员，沿着花圃清扫垃圾的环卫工人，还有那些行色匆匆的夜行人，阿一看不清他们的脸，擦肩而过时，他们面无表情地瞥一眼阿一，而后继续往前走。

　　此刻，她迎着夏夜的风走，母亲步伐轻快地走在她身边。身边川流不息的夜行人和马路上亮起红色尾灯的汽车让她感觉如同行走在梦中。母亲没说话，她的沉默和固执隐匿在身边不时经过的汽车声中。

　　在沙滩边的松树下，她们坐下来。地图上的陶然岛已经不知所终，一眼望过去，只有黑色的海水在月光下翻滚，那个小岛，像是从不曾出现过。海风冰镇过一般清冷，潮水的声音层层叠叠，像是时钟的钟摆，不休地来回。

　　母亲有些自在，她轻轻地拉过阿一的手，放在自己粗糙温热的手掌里，摩挲着。阿一想说些什么，但话到嘴边，却突然怎么也说不出口。她突然想起曾经养过的那几只鸭子。那时，她还在念中学，有一天，母亲赶集回家，给她带了两只小鸭子。她很高兴，当天晚上就给它们做了窝，又把自己洗脸的盆子里舀满清水，让小鸭子在里面凫水。后来，小鸭子变成了大鸭子，生了三颗蛋，母亲告诉她说那些蛋是可以孵出小鸭子的，于是她和母亲一起找来了厚厚的棉被和干净的纸箱，又把家里的母鸡抱来，期待着它可以把小鸭子孵出来。一个多月后，三颗蛋里只孵出一只瘦弱的小鸭子。它一生下来就病恹恹的，看上去就像是马上就要死了。每天去河边的时候，她也会把小鸭子带去，她蹲在河边，用石头把那些河里的虾砸成泥，再喂给小鸭子吃。小鸭子一天天长大，慢慢地，它会在她砸虾的时候，伸出脑袋来抢食那些虾子。一个不小心，她手里的石头就落在小鸭子的嘴巴上，把它的嘴巴砸得更扁了，她心疼又自责，每天要拿出更多的时间来陪伴它，直到它痊愈。可惜的是，那年双庙村的大坝被雨水冲塌了，小鸭子也被冲走了，后来天晴了，大水退去，她和母亲沿着河一路找小鸭子，阿一哭了整整一个下午，回家的时候，手里空空荡荡，裤管里也卷满了泥巴，眼睛肿得像两颗通红的小枣。

阿一在脑海里回忆那只小鸭子的模样，却怎么都想不起来了。那只鸭子在她脑海里是朦朦胧胧的一团灰色，再努力地想，它或许和平时她见过的鸭子们都一样，这样想着，记忆中那只消失的鸭子也就有了具体的模样。那只鸭子被冲走时的场景全然模糊，但那种失去的无力感却已然幽幽地萦绕在烦闷的胸口了。眼前的海水深不见底，水面上没有鸭子，或许白天时它们曾聚在水面上嬉戏。阿一抬眼望去，曲折的海岸边灯光朦胧，隐隐约约能看到些树的影子，这座城市正在酣眠。

她们在那儿一直坐到天微微亮。站起身来的时候，远方的灯光明明灭灭，看不分明。母亲计划着赶第二天深夜的火车回双庙村。那一晚夜行后回到出租屋里，阿一昏昏沉沉地睡到天黑才醒来。醒来的时候，发现小屋被母亲收拾得干干净净，母亲为她重新归置了衣橱和放餐具的桌子。阳台上的鞋子也被整整齐齐地分类摆好，放在最外面的是阿一最常穿的那双白色的圆头平底鞋。阿一和母亲坐在三合板桌前，母亲熬了八宝粥，炒了黄瓜鸡蛋，她说那是在冰箱里找到的菜，看上去都不是很新鲜了，但是还能吃。阿一点点头说，好吃，泪水在眼眶里滴溜溜打转。

吃完饭，母亲蹲在地上，又开始收拾那只陈旧的行李箱，来的时候，箱子被塞得满满当当，现在，箱子里只剩下母亲的几件衣服了。母亲仍然穿着那件褪色的橘黄色背心，像是一只挂在枝头的干瘪柿子。阿一看着衣服上已经洗得看不清的图案和泛起的毛球，心里恍若被人插了密密麻麻的尖刺，呼吸之间，都感受到身体的痛楚。母亲把阿一给她买的那件大了的灰色连衣裙板板正正地叠放在最上面，阿一心酸得说不出话来，只是站在一边，呆呆地看着母亲拉上箱子，又把它立在墙边。母亲抬头的时候，或许看见了阿一红红的眼，她拿起那件灰连衣裙，抖搂了几下，放在自己身前，笑着同阿一说，大点也不要紧，等我吃得胖一些了，就穿着合适了。阿一咬着下嘴唇使劲地点点头，丝丝血腥的味道在嘴里游走开来。

出门的时候，阿一把那张银行卡塞到母亲手里，但母亲却执意不要，母亲说，你要是想让我带点什么回去，就把阳台上剩下的那半袋鱿鱼干给我吧，我带回家给邻居们分一分特产，让你爸也尝尝鱿鱼干的味道。那半袋鱿鱼干，在阳台上和杂物放在一起，落满了灰尘。母亲不说，她都忘记了。

深夜，母亲坐上了回家的火车。阿一站在送站口，看母亲脚步慌乱地提着那只笨重而又破旧的箱子，裹挟在人流里，她的脸上依然挂着笑意。

送别了母亲，阿一沿着凌晨的海滨大路一直走，不想回出租

花园荒芜

屋。她穿过了几个红绿灯路口，又转过几处街角。不远处的马路上是川流不息的汽车，它们依旧喧闹得如同双庙村家门前的那条河。汽车刹车时红色的尾灯渐次亮起，像是梦中发着光的红色潮水。阿一觉得呼吸有些艰难，缺氧的脑袋涨得厉害，双腿也似站在潮水中，绵软得没有一丝力气。她闭上眼睛，血红色的眼前又出现母亲离开车站时的场景。阿一甚至还没来得及朝母亲挥一挥手，就看见母亲淹没在潮水中了，水面平静，像是不曾有过一丝涟漪。

天就要亮了，太阳像是一颗腌制过的泛红色鸭蛋黄，正从海面上徐徐升起，拉船拖拉机轰隆作响，不远处夜行人的轮廓在天光中渐渐清晰，她一低头，在一汪冰冷的海水中，看见了满脸冰凉泪水的自己。海水被风吹动，也吹散了梦境。她讶异于自己为何最近总是做这样可怕的梦，似乎是她记忆里，母亲曾做过一场手术。

她拨通了母亲的电话，絮絮叨叨地说起这个梦。电话那头的母亲笑笑说，别瞎想，我正在收今年的核桃，回头给你寄一些，补补，就不做梦了。

本文发表于《胶东文学》2022 年 8 月刊

冷月亮

去年冬天的一个黄昏，母亲打电话来，说要债的人又堵到小马叔叔门口了。母亲和父亲凑了两万多，借给了小马叔叔，但还是不够。要债的人年前要拿到十万，他们还扬言，要是拿不到十万块，就给小马叔叔放放血……

小马叔叔是我爸的朋友，五十六岁了。我爸叫他小马，我妈也叫他小马，每次只要我爸晚上过了九点还不回家，我妈就会说，给小马打个电话问问，看看是不是兄弟俩又一起出去下馆子了。我爸和小马叔叔四十多年前就认识了。我爷爷老丁和小马叔叔的爸爸老马是好朋友，年轻时候一起做生意，老丁赶着骡车卖调料，老马蹲在屋檐下卷烟。到了他们儿子这一辈，我爸小丁仍然卖调料，小马叔叔倒腾粮食生意。

六七十年前，老马和老丁一起长大，各自成家，听我爸在饭桌上说起过，要是小马叔叔是个女娃娃，生下来两家就成亲家。后来，没成亲家，我爸和小马叔叔倒成了干兄弟。

我记事起，小马叔叔就隔三岔五地来我家串门。小马叔叔来我家做客，和别的客人不一样。别人来我家串门，手里多多少少都会带点东西，花花绿绿的，不是整排的娃哈哈，就是一包码放整齐的雪饼。他们从村里的"鑫旺杂货店"里买东西，十多年前，双庙村里只有一个杂货店，卖的大都是便宜的三无食品。杂货店是新宇爸妈开的，新宇是我的小学同学，后来离家出走了，那是后话。

小马叔叔每次来，都是两手空空。那时的我并不期待这样一位客人的到来。而且，他每次来，都要在我家吃饭。要是头午来呢，就在我家吃午饭，要是下午来呢，就在我家吃晚饭。我爸也总是拿出平日里存着的景芝白干，和他对饮。我妈常常就忙得脚不沾地了，来来回回地穿梭在做饭的小北屋和吃饭的东屋。隔一会儿就端来一盘盘热气腾腾的菜或是丸子卤肉汤，有时甚至还大费周章地包饺子。

小马叔叔爱抽烟，胖乎乎的手指间总是夹着一根雪白的烟，一边走路，一边咂巴着雪白的烟嘴，吸一口，再徐徐地吐出淡蓝色的烟雾，反复吮吸几次，小马叔叔的神情就很熨帖了。他到我家来，也从来不需要跟我父母约好来做客的时间。很多时候，他在午后的两三点钟推门进来，我爸妈那时经常在床上和衣躺着睡晌觉。那时，爸妈那长长短短的酣睡声让我觉得十分无聊，我便走到院子里的泥墙下，摆弄一些瓶瓶罐罐，做些幼稚的泥巴饼干。小马叔叔是个胖子，但他的脚步很轻，有时都走到院子里来了，我还没有发现。他是我家的常客，院子里石榴树边的大黄狗见他来了，也只是慵懒地张张嘴，打个深深的哈欠，接着又把嘴巴插到爪子下面去睡觉了。

我常常对着东屋的绿漆窗户喊一嗓子："小马叔叔来了！"

不一会儿，便听见爸妈的交谈声，接着，父亲常常就推开屋门出来了。脸上还残留着床单硌出来的纹路，父亲总有些抱歉地说，哎呀，中午赶集回来，想着躺一躺，不知道咋的又迷糊过去了。

小马叔叔倒是一点儿都不拘谨，他拍拍裤子，站在红砖石台阶上弹掉烟头上的灰，接着就跟着我爸进屋了。他坐在我家的黄

冷月亮 135

漆藤椅上，母亲端来沏好的龙井茶给他。父亲坐在沙发上醒一会儿神，不时拎起茶壶给小马叔叔倒水。

小马叔叔抽的烟，都是他自己在家卷出来的。我见过小马叔叔卷烟。他把棕黄色的烟草放进卷烟木箱的后槽里，又用一张红褐色的皮把木槽盖住。一根拇指宽的小铁棍被横着插入红褐色的皮子里，然后小马叔叔在木槽的最前面放一沓细长的白纸。那些白纸，看上去像母亲擀出来的宽面条。我正盯着看得起劲，他笑弯弯的眼睛看着我，说，丫头，你来上糨糊。

我用蘸了糨糊的软毛刷笨拙地扫过那沓纸，纸上就沾留了不少糨糊颗粒。糨糊盛在一圆形的菜勺里，雪白黏稠。小马叔叔眼睛笑弯弯地说这糨糊是他自己调的，当烟抽会有一种面粉的香味。他说着，一根细长的烟"咯噔"就掉到木槽的底部去了，他伸出粗胖的手摸烟出来。然后他拿一把小剪刀，咔吧咔吧两下，把一条细长的烟剪成三小根。

他点燃一根，美滋滋地抽起来。我问他，剩下的不卷了吗？他的眼睛仍然笑弯弯的，说，抽完再说。他一边说着，一边把燃着的烟递给我说，丫头，你尝尝看，有一股子面香。我有些嫌恶地躲开了。我想起母亲的告诫：女孩子抽烟会长胡子。我确实见过几个女孩，嘴上有强韧细密的黑毛，我想她们一定是偷偷抽了烟的缘故。

小马叔叔人缘很好，女人缘更好。双庙村里的女子，没有他不认识的。走在路上，他总要同那些女人搭讪，因为他长得胖胖的，眉眼一笑弯弯的，又常常剃个光头，于是他便成了双庙村人们嘴里的"花和尚"。

小马叔叔喝了酒，偶尔会在饭桌上讲起他儿时的一些事。他说也就七八岁的光景，他背着一只挎包去上学。半路上遇到一个长得很美的女子，他就走不动道了，把书包往树上一挂，跟着那女子走了。一直走到村口的电磨坊，磨坊老板正在门口捡拾玉米骨头，看到了小马叔叔一个人跟着女子往村外走，就叫住了他。小马叔叔说他也没听清磨坊老板说了什么，因为屋里那嗡嗡作响的电磨实在是太吵了，他只看见磨坊老板张着一口尽是豁牙的嘴，跟他说话。但他还是停住了，呆呆地看着那女子往村外走去。但也不知怎么的，他突然又没了兴趣，想起自己书包还挂在树上，便掉转了头往回走。

那时候，老马已经去世两年了。小马叔叔说，不上学也没人管我，爹去世了，娘也离开了。

我还想听听他童年时候的事，但小马叔叔拿起酒盅，往嘴里一送，双眼挤在一起，咂吧咂吧两片嘴唇，沉浸在辣而甘冽的酒香中了，他说，想想那时候真有意思，来，喝酒、喝酒。小马叔叔也爱喝酒，一酒盅一酒盅地下肚，脸面上没红没涨，说话也是清楚的。我爸说，小马酒量好，还没见他喝醉过。

小马叔叔的酒量确实好，他一天能喝三顿酒。双庙村里，他常常东家去了西家转，同来我家时一样，两手空空地就进了人家的门。但时间久了，村里便又有了些不中听的话。那时的小马叔叔已经二十九了，但还是光棍一个，家里穷，也没人给他说媳妇。但他对自己大龄单身汉的身份似乎并没有什么清楚的认识，他去村东的冯翠花家，冯翠花的男人在家时，小马叔叔去喝酒。冯翠花的男人出门打工了以后，小马叔叔还是三天两头地就往冯家跑。双庙村大街小巷一溜坐开的老太太们可不是吃干饭的，她们用自己几十年的生活经验和女人心思揣度着，冯家媳妇和小马不干净。

小马叔叔倒不怎么在乎别人怎么说。他还是走着走着就走进冯家去了，但年底冯家男人回来了，对小马叔叔没什么好气。小马叔叔到冯家的时候，冯家两口子正在吵架，冯翠花哭喊着要抹脖子上吊，冯家男人坐在潮湿的床角一言不发，深埋着脑袋的样子仿佛受了什么奇耻大辱。小马叔叔走进了屋，说这是怎么了。

后来，村里的老太太们说，那天黄昏，小马叔叔抽着烟从冯家出来，脚步匆匆的，像是逃跑的架势。她们更加笃定这是一件发生在她们眼皮底下的偷情事件了。八个月后，冯翠花在家里生了一个男孩，她生产的时候，冯家男人还在外面打工，她是自己摸了剪刀，把脐带剪断的。第二天，小马叔叔就提着桃酥和半只打折猪蹄去了冯家。

老太太们于是亲眼验证了她们的揣测。

双庙村里，关于小马叔叔的传闻，就像街头巷尾的电线杆，随处可见。小马叔叔曾和陈家媳妇一起去县城赶集。陈家媳妇挎着篮子，大屁股坐在小马叔叔的大梁自行车后座上，在村里那条土路上，颠来颠去，这让目睹这一幕的双庙村村民感到双颊滚烫，他们不禁在心里思忖着，咋还能有这样的作为，脸都不要啦？

除了串门，小马叔叔还经常约着村里没结婚的闺女们一起去爬山。爬玉皇山、莲花山，越是陡峭的荒无人烟的山，他就越有兴致。村人们都说，啧啧，莲花山是什么地方？当年山下穷死的土匪们占了山头，专门从村里劫走有钱人的闺女，绑到山上去。让有钱人家拿钱和粮食上山赎人，赎不起的，就从山头上把女子推下来，让她们活活摔死！莲花山上，处处是断崖！

双庙村里有胆大的姑娘，愿意跟着小马叔叔去爬山。譬如说我大姑姑。我大姑姑那时候还没出嫁，也就十八九岁的年纪，学县城里的姑娘，披散着头发，还用红纸染嘴唇。大姑姑从家里带上两个硬邦邦的烙花纹锅饼，半瓶韭花，两双筷子，跟着小马叔叔去爬莲花山。早晨出门，晚上才回来。

母亲有些发愁，常跟父亲谈起大姑姑玉霞和小马叔叔的事。

母亲说，玉霞最近身子圆润了不少，不像是大姑娘的身子了。母亲还说，玉霞回来的时候，胸脯里一蹦一蹦的，内衣带子都是散的。父亲知道，母亲是在担心大姑姑和小马叔叔的事，但是他似乎又不觉得小马叔叔会做出那样的事情，于是父亲就把这事儿挡下了，他眉头一皱，说，别听村人胡咧咧，玉霞是懂事的孩子，小马也不会做出那种事。

半个月后，大姑姑怀了孕。

尽管母亲悄悄地带着大姑姑去二百多里地外的医院做了流产手术，但是大姑姑未婚先孕的事情，还是长了翅膀一样，在双庙村里传得沸沸扬扬。

未婚先孕这件事，差点要了我大姑姑的命。她躺在北屋的床上，眼睛红肿，蓬头垢面。母亲每日给她端来的红糖鸡蛋，她也不动。父亲气得牙根痒痒，攥着拳头要去揍小马叔叔，他怒气冲冲地刚走到家门口，迎面正碰到提着一兜鸡蛋走来的小马叔叔。

小马叔叔把鸡蛋放在我家的大理石茶几上，说，是我的错。大姑姑在里屋尖厉地哭喊着，不是的，不是小马，真的不是他。

后来，听村里的老人们说，我父亲把小马叔叔的眼睛都打肿了。鸡蛋也被扔了出去，摔得地上都是流淌的蛋黄蛋清。老人们说这话的时候，语气里尽是可惜，似乎都觉得好好的鸡蛋，白瞎了。

小马叔叔说过几次要娶我大姑姑。父亲也同母亲彻夜地商量过这件事。等到大姑姑精神好一点了，他们决定让大姑姑同小马结婚。但大姑姑却拒绝了。她整日地不出门，把自己关在小北屋里，神思恍惚。

三十三岁那年，大姑姑嫁给了隔壁村的胡老师。胡老师是从县城来的，长年住在快要倒塌的小学里，他的年纪很大了，看上去像是我爷爷老丁的兄弟。但他有些花白的头发梳得一丝不苟，身上穿的也总是熨得熨帖的衬衫和黑裤。他的日子过得清贫，我姑姑嫁给他的那个晚上，没有钱租盘头的理发师，母亲为姑姑盘了喜娘头。没有钱买红色的高跟鞋，姑姑就穿上了自己的大红色塑胶水鞋。胡老师领着我姑姑，走进了茫茫的夜色之中。

大姑姑出嫁的那个夜晚，小马叔叔没有来。大姑姑坐在北屋的凳子上，我母亲拿着一把木梳，蘸着清水给她梳头。大姑姑说，让我怀孕的那个男人，不是小马，你们别错怪了他。

我母亲叹口气道，我跟你哥心里都有数，要是小马，你不会不愿意嫁给他。

大姑姑看一眼镜子里红艳艳的新娘子，说，那个男人不会回来了，我等了他十五年，已经死心了。他是县城黄家铺里的人，卖粮食油的，十五年前的秋天，他来双庙村卖油。我怀上他的孩子之后，他就跑了，再也没出现在双庙村，小马陪我去县城找了几次，也找不到人，名字都不是他跟我说的名字了。小马跟我出去，都是去县城找人。

大姑姑说着，目光里有几分黯淡了。我母亲抚了抚大姑姑的发鬓，说，这页就算是翻过去了，嫁人以后，就啥也别想了。

大姑姑点点头，说，我小学同学君菊，跟小马同岁，嫂子你看合适就介绍给他吧。

母亲还没给小马叔叔介绍对象，他已经从隔壁花峪村里带了一个女人回来。那女人是个哑巴，走路还有些跛脚。小马叔叔只花了两只老母鸡，就把这女人带回来了。我常常见到她，她长得粗粗胖胖，走起路来，像一只左右摇摆着、随时要翻滚的鸭梨。

没有摆酒席，小马叔叔和哑巴女人就结了夫妻，我管她叫马婶婶。结婚以后，小马叔叔倒腾了一些粮食做买卖。但他是个甩手掌柜，仍旧是一天到晚不着家，到处喝酒。家里的粮食生意都是马婶婶在做。马婶婶是个能干的女人，院子里那些发了霉的粮食都被她一遍遍地翻晒过，最后驮到市场上，卖得一粒不剩。那年年下，她甚至还攒下了六百多元钱。

小马叔叔还是常到我家喝酒，一直喝到晚上十一二点才离开。他们喝酒的时候，我就靠着被子看电视。

母亲说，她马婶婶这么能干，你还有啥不知足的。小马叔叔苦笑，能干是能干，但心思总不在我这里。

我去过小马叔叔的家。在玉皇山的山腰上，周围都没有几户人家了。没有大门，一眼就能看到红漆斑驳的屋门。门一打开，一股潮味扑面而来，十分呛人。玫红色的被子臃肿地瘫在地上，皱作一团，像一条冰冷的冬眠蟒蛇。桌上散乱地堆着一些炒过的花生米，盛放花生米的透明塑料袋，袋口径自掉进了蓝色的痰盂里。

无处下脚。小马叔叔招呼着我，坐啊丫头，找地方坐下就是。马婶婶在旁边，闷着头，把床上淌下来的衣服一件件地捡起来，扔到自己的宽厚的肩膀上。她穿了一件水泥色的衣服，领口那有些皱褶了，微微地翻起个卷来。小马叔叔从桌上抓来一把花生，递给我吃。我有些为难地接了。花生的褶皱上有些褐色的斑点，我用指甲来回刮擦着它们。小马叔叔看我不吃，便自己剥了红色的果仁给我。我慢吞吞地把一颗果仁塞进嘴里，还没咀嚼，就看见马婶婶冲着痰盂吐了一口。我突然感到胃里一阵抽搐，哇的一声吐了。

我常看见马婶婶骑着一辆自行车穿梭在双庙村里。那辆自行车还是小马叔叔之前载过陈家媳妇的大梁。马婶婶骑车的姿态像是个冲锋的男人，下坡的时候依然挺直着身子。我曾眼睁睁地看着她硬是从一堆堆在路边的钢管上咯噔咯噔地骑过去了，大梁车颠簸得厉害，随时都要摔倒在大马路上。但马婶婶每次都有惊无险，挺直的身板不一会儿就消失在街道上了。

小马叔叔几乎忘记了他还有个卖粮食的摊子，他依旧整日东家逛了西家串门，每天都乐呵呵的，一副没心没肺的模样。结婚之后，他似乎比结婚前更加放纵了，常常夜不归宿，睡在别人家。日上三竿才往家走，回到家，腚都没坐热，就又出门去了。

那几年，父亲的调料生意不好做。虽然父亲用十几年的积蓄买了一辆三轮车，购置了更多的"十三香"之类，但双庙村的超市陆陆续续开起来了，超市里有卖香料的货架。调味品告别了"赶集"的时代。父亲出摊一整天，有时工夫钱都挣不回来。

父亲在摊前，紧紧地皱着眉头，心事重重。他总是这样，生意冷淡的时候，他的情绪便也低沉沉的了，像是到了什么紧要的关头，好像再没有生意，就有天大的灾祸降临似的。

小马叔叔常到父亲的摊上喝茶，有时也叫几个人来打牌。常常是摊子摆上了，一堆人围坐着喝茶打牌，偶尔有个来买东西的人，倒觉得是一种叨扰了。我和母亲在三轮车旁边，看着集市上来来往往的人。我对母亲说，小马叔叔把爸带坏了，生意都不做了。

母亲看了一眼正喝茶聊天的父亲，说，没事儿，生意总有冷淡一些的时候。

那时候的小马叔叔已经三十六岁了，见到来摊前买东西的女人，他还是忍不住要跟人家搭讪。

"你老头娶了你真是有福气哇，看看收拾得多么立整！家里也干净！"

"来家里玩啊！好久不见你来喝酒了。"

"最近忙得很，忙得很。"

马叔笑着说，目光把女人送出去很远。母亲说，她马叔，年纪不小了，也该有个孩子了。

小马叔叔三十七岁那年，马婶婶生了一个女孩儿。小女孩长着弯弯的眼睛，细长，像极了小马叔叔。

小马叔叔翻了一个多星期的《新华字典》，都没能找出一个满意的字给女儿做名字。后来，他的目光不经意间瞥到了床头的一只红色鞋盒，上面写着"美佳佳精品女鞋"几个字，小马叔叔一拍脑门，说，得来全不费工夫啊，就叫马美佳吧。

大概是小马叔叔总是喝酒的缘故，马美佳从小目光就总是有些呆滞。她小小的年纪，却一副心事重重的样子。小马叔叔来我家喝酒的时候，偶尔会把小美佳带来，但她一直很乖巧地靠在床边，也不说话。小马叔叔让她叫人，她也不叫。再说她几句，她的目光里倒似乎带了些怨气。

小马叔叔酒喝得尽兴的时候，常常就袒露心扉了。一次，我半夜醒来，听见父亲和小马叔叔还在外屋喝酒聊天。父亲的语气里带着些抱怨，依旧是说生意难做，越来越难做了。小马叔叔说，生意难做不算啥，你起码有个家。不像我，打了半辈子光棍，好不容易娶了秀芳，但还是像光棍一样，一天天地熬着日子过。母亲安慰小马叔叔，想想美佳吧，闺女就是盼头，就是咱的希望。

小马叔叔沉默了一会儿，才说，对，嫂子，你说得对。秀芳的心是焐不热的，她这辈子是不能爱我了。但是我还有美佳……

我在浓郁的睡意中渐渐迷失。平日里那个爱笑的小马叔叔，心里似乎很苦。我想起小马叔叔跟别的女人说话时候的笑脸，没心没肺的，看上去甚至有些不正经。我又想起小马叔叔跟我爸喝酒的场景，我爸是个三杯倒，但他却总是越醉就越觉得酒香。常常是我爸喝得迷迷糊糊了，脱了衣服在床上边吐边跳舞，小马叔叔还丝毫没醉。

小马叔叔心思还是很多的，我在睡梦中迷迷糊糊地想。那些日子里，小马叔叔离开我家的时候，我常常已经睡着了。外面的风吹得窗户哗啦啦地闷响，树梢上浮动着月亮的影子。深夜微凉，月光皎白。父亲和母亲把小马叔叔送到大门口，嘱咐着路上慢些走。邻居家的狗狂吠着，在深夜里格外动人心魄。小马叔叔带着爽朗的笑声离开了。多年后，直到我也有了半夜孤独行走的经历，我突然想起那时的小马叔叔，在每个漆黑的夜晚，他踉踉跄跄地走回半山腰的那个家时，心里都在想些什么呢？

双庙村的那个疯女人生了孩子。没人知道疯女人的家在哪里，也没人知道她是什么时候来到双庙村的。她偶尔会出现在村子的双庙里，那儿有人们供奉的瓜果和糕点。因为有了疯女人的存在，人们常常要等一炷香烧完后再离开，他们害怕自己前脚走，供奉的物品就被疯女人偷走了。

小马叔叔是在什么时候遇到那个疯女人的呢？

我想起那个夜色黏滞的夜晚。乌黑的夜幕上，没有一粒星星。一轮冰冷的月亮，面无表情地悬在天际。小马叔叔在我家喝了酒，那天的他似乎带着满腔的怒气。喝酒时他说他前夜回家的时候，秀芳从里屋反锁了门。但他在家，跟秀芳也没有半句话好说。秀芳做饭，以前没孩子的时候做一碗，现在有孩子了做一碗半。他还说，美佳的性格像极了秀芳，他埋怨秀芳的时候，美佳突然就从床上跳下来，拿脑袋顶他的肚子，直往墙上顶。他觉得美佳是用尽了全身的力气，她似乎恨他。

母亲一边包饺子，一边劝着小马叔叔，别乱想，孩子嘛，可能就是着急了，也是无心的。

我觉得母亲的话并不准确。

　　　　　　　　　　　　花园荒芜　｜

"小孩子只有真的恨你才会用大力气顶你，就像学校里总是欺负我的那个高个子男生，我恨他，昨天我就用脑袋把他顶到电线杆上去了，我听见他的身子撞到电线杆时扑通一声响。"我对他们说。

"有人欺负你吗？"母亲的注意力转到了我身上。

小马叔叔端着酒盅，跟父亲碰杯。他说："美佳是真的对我有怨气，我能感觉到。"

那一晚，小马叔叔离开的时候，已经是凌晨了。他的脚步深深浅浅，走得跌跌撞撞。惨白的月光洒在地上，依旧没有星星。母亲有些不放心，但父亲已经喝得呕吐不止，她也顾不了小马叔叔了。小马叔叔看上去还是清醒的，不像喝了半斤酒的样子，他对母亲说，快回去吧，外面冷。他说着，手臂便伸出来，绕到母亲背后。

父亲这时候跟跟跄跄地走到大门口，突然就发起脾气来："走！你怎么还不走？！"他气哼哼的，像是顿悟到了什么。母亲想制止父亲，但父亲的声音却越来越大："朋友归朋友，你还是离小马远一点，他这个人啊，好招惹女人！"

母亲立时就火了，她指着父亲的鼻子说道："你是什么人呐！不相信我，还真这么说人家小马，让人伤心！"

父亲坐在台阶上骂骂咧咧的。母亲的眼泪簌簌流淌。小马叔叔说，没事，俺大哥这是喝多了，你快扶他回屋吧，我走了。

之后三年多的时间里，小马叔叔没再来过我家。对于小马叔叔，父亲的感情似乎很复杂。母亲试图告诉父亲，他的做法是错的，他应该感到愧疚，但常常是话刚说了一两分，父亲就暴跳如雷了。父亲的生意比起先前，更不好做了。只是，当他蹙着眉头，忧心忡忡地在摊前发呆时，再也没有人来跟他喝茶聊天打牌了。

小马叔叔再到我家里来，已经是六年后的冬天了。那天是大雪，双庙村的雪飘飘洒洒，从白天一直下到夜晚。父亲说这样寒冷的节令，应该吃羊肉火锅。母亲应和着，傍晚的时候，她便在厨房忙忙碌碌地准备起食材来。

准备吃饭的时候，院子里的狗突然狂吠起来。我推门出去看，来的人穿了一件单薄的黑色布褂，头上戴一顶毡皮黑帽。他一抬头，我看到他脸上红色的瘀血瘢痕，那是一张有些可怕的脸，看上去已经被疼痛扭曲得有些变形了。但我又觉得他是那么熟悉！我看到了那一双弯弯的月牙儿一般的细长眼睛！

正是小马叔叔。

只是这一次，他倒有些不好意思了，站在院子的雪地里，脚步显得拘谨。

父亲推门出来，小马叔叔的身子突然有些颤抖，我听见他噘嚅着叫了一声"大哥"。

那天夜里，我们围坐在一起吃火锅。像六年多以前那样，母亲忙忙碌碌地准备食材，父亲时不时给小马叔叔倒酒。只是，小马叔叔的话，少了很多。火锅沸腾的热气在眼前萦绕，一时无话。

"你这六年，干吗去了？也不给家里来个信。"父亲终于开口问，语气里还带着些许嗔怪。

"美佳被人骗了。"他说。

"怎么回事？"母亲放下手里的生菜，也坐下来，一脸焦急地看着他。

小马叔叔的话混着酸楚，生生地噎在了喉咙里。

"那男的骗她说要回老家去筹钱，让她在借据上签了字。后来，那男人跑路了，要债的天天到家里来，美佳不敢在家里待着。去年我托人开车把她送到南方去了。从那一走，她也没跟家里联系，我现在也没有她的消息，"小马叔叔说，"但是我跟那些

花园荒芜　|

要债的人说了，钱我来还，让他们不用去找美佳了。"

"那秀芳呢？"

"那些要债的天天来，娘家人把秀芳接回去了。"

那一晚，父亲又喝得很醉。他边喝酒，边沉重地叹息。小马叔叔也不怎么说话，只是一盅又一盅地喝酒。

小马叔叔说，他现在接着做粮食生意了，每天挣点，美佳在外面就好过一点。他还说，粮食生意不好做，常常好几天都不开张。他现在白天上集卖粮食，晚上去村里水泥厂看大门。

那年的冬至日，我忙完了公司的事儿，又想起母亲前几日打来的电话。午后，我去银行取了六万一千七，又从朋友那借了两万，再加上父母凑的，也差不多有十万了。也说不上为什么，从前的我似乎并不喜欢小马叔叔，甚至有些厌恶。还记得中学的那些夜晚，我在里屋写作业，小马叔叔和我爸妈在外屋看电视喝酒。听着他们在外屋里说话，我就觉得心中有一股莫名其妙的烦躁感。我进进出出，故意把门摔得很响。两扇屋门碰撞在一起的声音咣当咣当，母亲有些生气，说，这孩子吃了枪药了这是？父亲开口就骂我小王八犊子，这么大了还发邪驴脾气。

我站在门口，气呼呼地说，我是小王八犊子，那也是你的犊子。

父亲听了，脾气立时就上来了。小马叔叔笑笑说，没事，小孩子嘛。

坐在回乡的公交车上，惨白的河水哗啦啦地流淌，像是从前那些夜晚的惨白色月光。干枯的枝丫刺破灰蒙蒙的天空，眼前的一切，是我熟悉的双庙村。

正是村里五天一逢的集市。公交车在双庙门口停下了。我沿着庙东一直走，那儿有一条小路，可以快速地到达双庙集市上。

冷月亮　　　　　　　　　　　　　　　　　　　　147

年幼的时候，小马叔叔带我从这路上走过一次，小路蜿蜒，小马叔叔拉着我的手，一边走一边同我聊天。

"等以后，马叔叔发财了，就买一辆拖鞋，拉着你。"他说着。

"拖鞋是啥？"

小马叔叔顺手指向路边停着的一辆皮卡车，说："那就是拖鞋啊。"

想到这儿，我忍俊不禁。又是两年多的时间没见过小马叔叔了，也不知道他脸上的伤好些了没有，是不是还像之前那样骇人。路过一家做糕点的小摊，想起好久没吃过家乡的鸡蛋糕了。我便在糕点小摊前停下，买了二斤鸡蛋糕。鸡蛋糕刚出烤炉，还冒着腾腾的热气和奶香气息。以前，母亲常常会花三块钱买下一些鸡蛋糕的碎屑，那些碎屑是糕点店里做蛋糕剩下的，蛋糕很贵，但剩下的这些鸡蛋糕碎屑却很便宜，三块钱能买一整塑料兜。咬在嘴里，松松软软的，奶香味浓得化不开。

我把鸡蛋糕放进行李箱，径自走到小马叔叔的粮食摊前。小马叔叔正坐在一个破旧的马扎上，低着脑袋划拉一块碎了屏的手机，手里还夹着半根白烟。赶集的人很少，不像二十多年前，每逢年关时候就堵得水泄不通了。一眼望过去，卖东西的摊贩比买东西的人还要多。没什么生意，这年景，真的像是父亲说的，生意是越来越难做了。

"马叔，忙着呐！"我凑近摊前，叫了他一声。

他抬起那张依旧胖乎乎的、冻伤了的脸，脸上的伤疤已经淡得看不出来了，仍旧是那一对弯弯的、月牙儿一般的眼睛。见了我，他有些惊讶，但更多的是欣喜。但那亮晶晶的欣喜似乎也没持续多久，他的目光便黯淡下去了，看他的眼睛，我突然觉得有些陌生。

"这会子没啥生意，去我家摊上坐坐吧。"我叫他。

　　　　　　　　　　　　　　　　花园荒芜 |

"不去了，一会儿就该收摊回家了。"他没有犹豫，就回绝了我。

我见他不肯，便也不再强求，只是说："马叔，晚上去我家喝酒吧，我从北京带了两瓶好酒回来。"

他犹豫着，似乎又要拒绝我了。

"还有筹的钱，您要是不愿意来我家，回头我给您送家里吧。"我说。

小马叔叔沉默了一会儿，终于开口："丫头，我晚上去你家。"

我点点头，拉着行李箱离开了。行李箱的轱辘在崎岖不平的水泥路上发出刺耳的响声，像极了我烦乱的心绪。父亲的调料摊在双庙集市的最东边，远远地，我看到父亲的小摊前冷冷清清的，没有什么顾客。父亲靠着三轮车，若有所思地看着偶尔经过摊前的人。他的身子比从前显得瘦小了，脊背也有些弯曲，看上去像一只虾。

我回家的这天，父亲的心情格外好。我倚靠在小北屋的门口，看母亲炒菜。母亲说，你爸很久都不喝酒了，今天散了集，他特意跑到超市里买了两瓶酒和二斤牛肉。母亲一边说着，一边翻动菜勺。锅里的土豆牛肉咕嘟咕嘟地冒着热气，浓郁的香味在寒冷的空气里游走。

"小马叔叔最近没怎么来咱家吗？"我问母亲。

"嗯，很少来了。他现在天天赶集卖粮食，晚上还去村里水泥厂值夜班，没有以前的那些工夫来喝酒了。"

"欠的钱还差多少？"

"还得还六七十万，你爸说这么多钱，像咱们这样的穷人家，只能中个彩票大奖才能还上了。但是彩票哪那么好中呢！"

我望向院子里的天空。夜晚的黑色有一种清澈的空灵。月光皎洁地洒在院子的一角。清冷寂静，但小院里却是安详的。父亲在院子里整理货物，来来回回地拖沓着脚步走。母亲在灶边忙忙碌碌，疲倦的脸上却带着微微的笑意。独自在外的日子里，许多时刻，我都想起小院里的温暖，想到小院，心里就踏实了。

快九点钟的光景，小马叔叔终于来了。他还穿着白天赶集时候的那件黑色棉袄，棉袄上有些黄褐色的灰尘，是集上的风吹的尘土沾在身上了。小马叔叔的脚步很拘谨，他在院子里立着，像是一个初来到我家的人。

母亲招呼着小马叔叔，快来屋里暖和吧！外面冷。

小马叔叔点点头，跟在母亲身后进了屋。他走到桌边，把手里的一只红色塑料袋放在了大理石桌上。

"这是？"母亲问。

"我自己在家炸的一些花生米，带过来尝尝。"小马叔叔笑着，一边在小木凳上坐下了。

"她马叔，来就来，还带东西，这多生分！"母亲拿来黄藤木椅子给小马叔叔。

小马叔叔摆手笑笑说，没事，就坐这个吧。

母亲不说什么了，她走出门去了。父亲拿着我买回来的酒，给小马叔叔倒上了。小马叔叔站起来，点着头微笑。

饭吃到一半，我把行李箱里的鸡蛋糕拿出来，拿蒸锅馏过，装盘端到桌上。

"呀，我都忘了！今天是你马叔的生日啊。冬至。"母亲惊喜地说。

记忆里，小马叔叔似乎说过，他的生日正是一年中要变冷的时候。冬至过后，就开始数九了，天气越来越冷，一九二九不出手，三九四九冰上走……小马叔叔还说，数九寒天的，打小没过过生日。

买鸡蛋糕，倒不是为了小马叔叔的生日，完全是个巧合。但这一刻，鸡蛋糕的出现却恰到好处。

小马叔叔坐在那儿，眼睛里亮晶晶的。母亲还在厨房里忙活，父亲到院子里抱柴去了。小马叔叔黑黝黝的脸上红彤彤的，一直红到耳根子。他仰头喝了一盅酒，滋啦啦地抿着舌头。

"年纪大了，喝一盅就醉了。"马叔眼眶红了。

"酒太凉了，我拿去温温吧。"

"行。"

我几乎已经忘记了美佳长什么样子了，记忆里，她还是个小姑娘。圆圆的脸盘，弯弯的月牙眼睛，偶尔露出微笑的时候，像极了小马叔叔。

很多年，我都没有再见过她了。今年春天的一个夜晚，她却突然出现在了我公司楼下。她的到来让我感到意外，我当时还以为她正在南方的某个小城里隐姓埋名地生活着。

她依旧胖胖的，身材像极了她的母亲。头发很长，烫了大波浪卷，有些显老。她问我有没有时间，可不可以同她一起吃个饭。

我们去了公司楼下的一家日料店。她不怎么说话，跟小的时候一样，安安静静地坐着。我憋了一肚子的话想要问她，但一时又好像不知道应该如何开口。点完餐，我们面对面坐着。她犹豫了一下，然后打开了随身带着的黑皮包。

她把一张银行卡放在我面前的桌面上，说，这是给你的。

"给我的？"

"嗯。"

"为什么？"

"这里面是十万块钱，我爸在遗嘱里写的，要还给你们。"

"你刚才说，遗嘱？"

"他早就写好了，就放在抽屉里。说还完了债，剩下的一定还给你们。"美佳说着，站起身来，有些颤抖地给我斟满了一盅梅子酒。

梅子酒有些涩，碰到舌头时，<u>丝丝凉意袭来</u>。美佳坐在对面，我们都陷入了一种无可名状的沉默。

餐厅的落地窗外，这一晚没有星星。月光惨淡，我望着窗外的夜色，思绪突然就回到了十几年前的深夜。那些夜晚，小马叔叔在我家喝完酒，一个人沿着蜿蜒的山路，磕磕绊绊地往玉皇山上走，他不时望望山腰上的小屋，怀着惆怅的心情，看看那小屋是否亮起了同我家小院里一样温暖的灯，陪着他行走的，始终只有一枚清冷的月亮……

本文发表于《鹿鸣》杂志 2020 年 1 月刊

老街的故事

　　天空渐渐黑暗下来。几只乌鸦嘶叫着划过天空，而后扑簌簌地落定在对面的杨树枝丫上。昏黄的路灯照亮它们的局部，它们像是原本就长在树上的果实，面无表情。

　　太阳的坠落让人感到恍惚。窗外是一条空旷的街道，夕阳就挂在街道的尽头。水泥铺砌的道路上有些碎石，它们静默地躺在那儿，日复一日。街道两侧的老屋依次排开，还保持着几十年前初被盖起时的周正。只是长久无人居住和修缮，屋顶的瓦片在雨雪的侵蚀下，陆陆续续滑落了不少。空旷的老街上，瓦片跌落的声音是令人震惊的，就像是听闻村里某位熟识的老人突然离世的消息。

　　那些有着斑驳外墙的老屋，静默地站立在那儿。墙皮大都已经脱落，露出黄褐色的泥块。泥块是湿润而松软的，上面稀稀疏疏地分布着椭圆形的洞。杂草蔓生，野猫横行，夏秋季节，常有黑色的菜蛇从洞里探出扁平的脑袋，火红的芯子像是开在杂草中的一朵野花。

　　一整天的时光静静逝去，经过老街的人却没几个。母亲说，明年我们家也要搬到三里外的镇上去住了。老街是真的要荒芜了。人们迁徙了，老街的那些生活都注定会变成当下生活的背景，而当下，又将成为未来生活的背景。

可那些曾经的存在，究竟该以怎样的方式保留下来？

想飞的孩子

我坐在卧室的窗台上，赤着脚，打量着面前的这条老街。十年的时间里，老街渐渐空了。回想起来，十年前的那个夏末，我背着书包去县城里读中学的时候，老街上还有三三两两地坐着乘凉拉呱的人，走出老街的一路上，必定是要打好多招呼的。

"回学校了？"

"嗯。"

"在家待的时间不长啊。"

"周六晚上来家，周日下午回学校，赶公交。"

周周见，也是周周都要问一遍的。从家里到县城学校，需要到老街尽头的大槐树下等车。那是一棵百年老槐，据村里上了年纪的人说，明代时候它就在那儿了。我总觉得老槐树下早先该是立着一块石碑的，上面板板正正地刻着老街的名字。但事实上，那儿从来没有。

多年以后，当我打开电子地图，想看看老街在道路网络里是一个怎样的存在。地图被放大若干倍，老街的线形轮廓在复杂的道路网里显得渺小单薄，上面显示的标识是"无名道路"。

老街没有名字，或许很久以前，有人知晓它的名字，但现在，村子里没人知道它叫什么。村人偶尔对外面的人说起，也只是提"老街"两个字。千百年来，老街静默地站立着。它的存在并不广为人知，熟悉它的，大都是生在老街，长在老街里的人们。长久以来，老街作为人们生活的背景存在着，历史更迭、人文衍徙，它虽然也跟着变化，但却依然可辨最初的模样。

然而，当人们走出乡村，走向城市，作为背景的老街又该如何存在呢？村里的拆迁重建工作已经进行到尾声。老街是第一批被排除拆迁的区域，因为它处在山坡上，地势起伏大，不适合建楼，所以它的命运便注定了要走向荒芜。

最靠近我家的，是一座灰瓦房。在一溜儿红色瓦片中，它灰暗的底色格外醒目。刷着黑色油漆的木门早已斑驳，星星点点地露出红色的铁锈斑痕。门上有两个铜环，十几年前，我从这座房屋经过时，总能看见挂着鼻涕的小金子，双手握着铜环，荡秋千似的把脚甩来甩去。

每当他抓着环荡来荡去时，木门就发出吱扭吱扭的声音。身材敦实的金大妈常闻声而来。她的袖子卷得很高，两只手上还沾着面粉。她责备却又宠溺地道："哎哟！摔下来可了不得！跌破了相以后就不好找媳妇了！"

小金子似懂非懂，但还是乖乖地松了手，从门槛上跳下来。等金大妈转身进了门，走得远了，他便又站回到门槛上，双手握着铜环，荡起秋千来。金家是从东北搬来的朝鲜族人。小金子便是双语者。他常坐在门槛上，用韩语叽里呱啦地唱歌，我听不出他唱的是什么，多年以后，当我走在异乡的街头，毫无防备地又听到那熟悉的旋律，嘴里便不由自主地跟唱，内心千百种情绪一下子涌出来——它叫什么？我依然不清楚它叫什么名字，但也只有这样一个曲子，我认得它全部的旋律，却不知道它的名字。

我迟迟没有去搜索它的名字，或许，在我心里，它早已不是一个无名的曲子了。它的名字叫童年，又或是老街。

小金子家里后来做起了卖馒头的生意。

他家房屋的外墙上，开了一扇一米来高的窗。不做生意的时候，就用一块红漆木板把窗户挡上。我常去他家买馒头，站在那扇窗户外，晃晃挂在窗户一侧的铃铛，就能听见腾腾的脚步声，接着金大妈便出现在窗口。现在回忆起来，站在窗口时的场景像是一幅画，印在记忆里。那总是在黄昏时分，路上有来来往往下班的人，或走路，或骑车。那时的老街还没铺上水泥，红砖整齐地码在地里，浓绿的苔藓跟着砖缝的泥土蔓延。

我跟小金子交流得不多，正儿八经的交流，只有一次。

那日，我买完馒头往家走，就快走进家门的时候，身后有脚步声啪嗒啪嗒地传来。回头一看，却是小金子，他手里握着两毛钱，递过来道："你忘了找回的钱了！"

已是隆冬，他却只穿了一件破旧的长袖衫。清水般的鼻涕顺着人中就要淌到嘴里，他使劲一抽，便猛地又吸回去了。母亲正走到门口来，看到小金子，便热情唤道，来家玩吧！小金子摇了摇头，虫子一般的鼻涕又流出来，他用污渍点点的袖子抹了一下，鼻涕拉长的透明丝线在阳光下晶晶亮，而后他转身跑回家去了。

小金子和他的奶奶金大妈在老街待了六年多的时间，后来搬走了。金大妈在市场上买菜时，总会为了几毛钱跟小贩争吵，引得路人围观唏嘘。我从没见过小金子其他的家人，或许只有祖孙两个相依为命。

十几年的时光过去了，我再也没见过小金子。后来听说他考进了飞行学院，现在已经是国内某民航公司的飞行员了。我想象不出他成年后的样子，记忆里却还是那个挂着鼻涕、抓着铜环荡来荡去的小男孩。

杂货铺里的老夫妇

很久以后，当我想到"温暖"这个词，记忆总是不经意间就回溯到那些坐在杂货铺里的清晨。

老街上只有一家杂货铺，从卧室的窗口一眼就能看到那个有着两扇红色铁门的小屋。杂货铺在小学对面，那时下课铃声一响，孩子们便潮水一般地涌出学校，三三两两地挤进杂货铺里去。

那间杂货铺很小，也就四五平方米的样子，售货台是一个四四方方的玻璃柜，分作三层，摆在柜面上的是透明的塑料罐，里面装着花花绿绿的糖果，一毛钱三个的西瓜糖，一毛钱两个的金币巧克力，又或是三毛钱一盒的大大卷。柜子里用一块厚木板隔开，上面一层摆着一摞摞的黄皮小本子，红、绿、黄三种颜色的铅笔，下面一层则堆满了各种玩具：陀螺、玩具手枪、芭比娃娃、动画片贴纸……

杂货铺的经营者是一对老夫妇。在那时，他们已经两鬓斑白。我们买东西时常唤他们"爷爷""奶奶"。上一点年纪的人则称呼他们"新本爸""新本妈"。从大人们琐碎的叙述中，我对"新本"有了残缺的认识。他是杂货铺老板的儿子，从小酷爱画画，十几岁那年离家出走，再也没有回来。新本爸妈去了许多地方寻找，终究还是没有找到，许多年过去了，他们也不敢离开老街。起先，他们是倒腾服装的，两口子常下南方去批货。新本失踪之后，他们便再没去过南方了。为了谋生，便在老街上开了一家杂货铺，柴米油盐，纽扣针线，灯泡电闸，烟酒糖茶，凡是日常生活中需要的东西，杂货铺里一应俱全。

每天清晨，他们总是早早地开门，擦拭柜台，整理货物。晚上，一直到深夜才关门，我时常在入睡前拉窗帘时，看到杂货铺里投射出来的一团黄色灯光。在那些寂静无人的夜里，在那条偶尔狗吠的老街上，那团光让我对"等待"和"愿望"两个词，有了更加深刻的理解。

那时，爸妈忙着做生意，常常是早上天不亮就去集市批货了。我醒来后，自己摸索着开灯，穿衣服，然后收拾东西去学校。我总去得很早，常常是学校还没有开门，我就站在门口等着了。冬天是最难熬的一季，那时常常下雪，我出门时，天总还不亮。

一个冬日的清晨，天仍旧黑着，雪花飞舞，我背着书包从家里走向学校。那时，我总希望老街能够长一点，让我走得久一点，在行走之中能看着天空一点点亮起来。在我的观念里，走在路上比等在原地要有意思得多。走在路上，可以观察，可以思考，那是一种状态——行走，朝着前方的既定目标走去。然而，停留在一个地方等待，我感觉自己是静止的。这总让我觉得烦躁不安。

然而，我从老街东面的家走到老街西面的学校，也就几百米的距离。感觉还没怎么走动，就已经到了学校门口。我站在大门外面，看着传达室里投射出来的幽暗灯光，周围寂静无人，只有我的脚踩在雪地里的声音。

雪下得纷纷扬扬，时间仿佛已经过了很久，但天依然没亮。杂货铺开门了，铁门吱呀吱呀地响，在清晨的空气里，声音格外清脆。新本妈拿着一把扫帚走出来了，她是打算扫雪。看到我站在那儿，她连忙邀请我到杂货铺里去。刚开门的杂货铺里有一股臭烘烘的暖，我坐在小板凳上，冻僵了的手脚逐渐缓和过来。

新本爸正在屋里做饭，喷香的葱花炝锅味道在杂货铺里蔓延开来。

"还没吃饭吧？"新本妈把手里的扫帚放到墙角，一边问我，一边走进屋里去了。

过了几分钟，她端着一碗面走出来，递到我面前："吃吧，葱花鸡蛋面，吃点暖和暖和。"

我有些怯生生地望着她，她笑起来的模样很像我远在异乡的姥姥。

我接过面条，大口地吃起来。葱花嫩而不焦，油花香而不腻，面条也有嚼劲。吃面喝汤，周身的血液都慢慢热起来了。

从那天以后，我每次去得早了，新本妈都会唤我在杂货铺里等，杂货铺里有一个小电视，我常常就坐在那儿，一边吃面，一边看电视，直到学校开门。后来母亲心中感激，便每月给新本爸妈八十块钱，只算作我的早餐补贴，但老两口常常是拒绝的，慢慢地，我跟他们夫妇俩熟络起来，偶尔还在杂货铺里帮着卖东西，收钱找钱。这样的时光，一过就是三年。

五年级那年，新本爸犯了脑梗。倒下以后就再也没能起来，葬礼同样在一个雪花飞舞的日子里。新本妈的脸上尽是苍白，两道风干的泪痕在阳光里闪闪发亮。

杂货铺虽然还开着，但是货物却是越来越少了。新本妈一个人料理着小店，常常短了商品，不是没了盐，就是缺了烟，有些必需品也渐渐开始供应不足。但这似乎并不影响人们的生活，毕竟，几年的时间里，老街之外，陆陆续续开起了几间大的百货超市，老街上的人们渐渐忘记了杂货铺。

但杂货铺是一直开着的，有时，甚至开一整夜。

当老街上的人们陆陆续续搬去了城里，当孩子们也搬去了镇上的学校，当杂货铺几个月里都没人在意，突然有一天，杂货铺的两扇红色铁门关上了，再也没有打开。新本妈也不知所终。

在众多的流言里，我更愿意相信那一种说法：一个下雪的夜晚，新本回来了。他接上年迈的母亲，一同去了城里。

我在杂货铺里屋的墙上见到过新本小时候的模样，目光炯炯，笑容含蓄，他羞涩地倚靠在新本妈身上。我想他是会回来的。哪怕只是我童年的一场梦，我也愿意相信它是实实在在发生的。

校园里的花果菜蔬

老街的尽头，杂货铺的对面，就是我的小学。

从窗口看出去，依然能够看到校园里矗立的那根旗杆。我已经有十年不曾踏进那座小学校园了，只知道，在我们这一届的学生毕业之后的第三年，小学便成了一座危楼，学生们都集体搬迁到三里地外的镇上的学校了，老师们也都已退休。

这个小学，在建成之前，是一座废弃的寺庙。每逢三月三和九月九，四邻八乡的老人总会提着黄表纸、纸元宝、香等上供的物什来到小学的操场，在铺着水泥的主席台上虔诚地跪拜、磕头。瑟瑟的风吹得黄表纸发出哧啦啦的响声，长短不一的香头在香炉里陆续燃烧。

十多年前，我还在这所小学里读书。村子里的孩子并不多，我所在班级一共有十六个学生，两个老师。年纪较大的玉东老师，在那时已经双鬓斑白。他个子很高但却形容瘦削，脸色常常是苍白的，像是从墙里走来的人。他在县城读过高中，是村子里最有文化的人，又教了许多年的书。在村子里，从学生到家长，见了他总要恭恭敬敬地叫一声老师。

玉东老师的妻子小林师母是小学的校长，偶尔给我们上音乐课。她踩着笨重的踏板，一边弹琴，一边带着我们唱歌。六一活动时，孩子们脸上的妆，必定是她一个个化的。至今我仍然清晰地记得，小学毕业的那一天，我早早地来到学校，排队等着化妆。那一天是少年们的盛大节日，每个学生都要换上玉东老师租来的演出服，上台表演。玉东先生的妻子小林师母负责为我们化妆。那时的她已经怀孕七月有余，肚子鼓鼓的，把宽大的黑色外衣撑得圆滚滚。因为怀孕的缘故，她瘦弱的身子均匀地胖了一圈，走起路来只能抱着肚子艰难挪动。

那是个初秋的早晨，天还不亮，微微的凉意在空气中弥散。每个季节都有它特殊的味道。干燥炎热的夏季尾声，初秋在某个清晨倏忽而至。我站在排队化妆的孩子们中间等待。小林师母挺

花园荒芜

着大肚子站在一张桌子前，桌上凌乱地放着口红、胭脂、粉底。她给我抹胭脂时，鼓鼓的肚子就贴在我的身上，结实、温热。我看到她的肚子上落满了星星点点的头皮屑，那都是她给孩子们梳头时沾到身上的。

我们从小学毕业后的第三个月，小林师母生下了一个男孩。她那时已经四十六岁，和玉东老师有一个女儿。她生下儿子那年，女儿素梅已经二十一岁。村里人常见玉东老师带着素梅走在老街上，素梅张牙舞爪，一只脚有些跛。

素梅是先天智力低下。玉东老师和小林师母曾带着她去北京求医。然而，素梅依旧是老样子。每次他们带着素梅上街，都要紧紧地攥着她的手，生怕一不留神，素梅就跑了。素梅爱挠人，常有家长领着自己的孩子去玉东老师家里告状，玉东老师总连连赔不是，而后将自家里的鸡蛋、面粉、茶叶等作为赔礼的东西，一并送给孩子家长。

都说小林师母生二胎是为了将来能有个人照顾素梅。然而，素梅的弟弟素台出生没多久，行为举止也跟素梅一样了。

玉东老师带着素台去医院检查，最担心的事情还是发生了——素台也是先天智力低下。

后来，在老街上，时常能看到，玉东先生牵着素台的手，素台又紧紧抓住素梅的手，素梅的手被小林师母攥着，四个人一起走在回家的路上。

小学成为危房之后不久，玉东老师也退休了。孩子们都搬去了镇上的学校，小学校园渐渐荒芜下来了。老街上的人们常常看到玉东先生和小林师母带着两个孩子走进小学里，常常一待就是一个下午，后来，几个住在老街上的人溜达着走进了校园，他们发现，校园已经变成了菜地，里面种满了蔬菜瓜果。

玉东先生在三年前的深冬去世了，小林师母也瘫痪在床。素梅和素台仍然每天手拉着手走进小学校园，他们扛着锄头，拿着镰刀，又或是抱着半麻袋的菜从校园里走出来，而后手拉手地往家走去。

天完全黑了，夜渐深沉。我依然坐在窗台上，凝望着老街。十年前，我走向县城里读书，后来辗转到了港城，到了北京，到了美国。每当我从一个地方迁徙到另外一个地方，前者便变为后者的背景。在异地他乡的日子里，老街渐渐成为一种记忆的底色。走在城市的街头，我常常看到震天响的广场舞，那些老人家们精神矍铄，在茶余饭后凑在一起跳舞，这样的娱乐方式在某种程度上，与老街人们坐在一起乘凉拉呱是一样的。只是，现在，再也听不到，那些街坊邻居聚在一起聒噪的聊天声了。

我有些惆怅，从窗口望出去，老街是一片黑暗。不过晚上七点钟的时光，老街似乎已经入睡了。几棵大杨树的枝丫上，那些乌鸦决绝地站在树上，面无表情。

面无表情，是时间的姿态，是历史的姿态，也是城市生活的姿态。我们在时间里迁徙，在历史里迁徙，在城市生活里迁徙，面无表情。

我就要从阳台离开，却从窗口瞥见了一团黄色的光。接着，熟悉的广场舞旋律逐渐响起！我突然回忆起白天在家电维修处碰到老街的陈大爷，他正请人修理一台老式的黑色音响。

在老街的黑暗中，几个身影在黄光里跳动。我想起，那些还没从老街搬离的，大都是上了年纪的老人，他们或许是没钱在城里买房，又或者是舍不得离开这个生活了一辈子的地方。我看着那几个欢快的身影，突然热泪盈眶。这些还住在老街上的人家，他们依然拥有对生活的热情，他们或许明晰老街和自己，究竟应该怎样存在。

在时间的长河里，不断迁徙的我正从当下寻找欣喜与感动，我长久地凝望着那团温暖的黄色灯光。正当喜悦要在全身蔓延开来时，窗外突然传来一声熟悉的、无比凄厉的鸟叫声。

盛　会

最近一次回到双庙村，是姥姥的葬礼。

我是在前一晚的凌晨接到银生哥的电话，他对我说，姥姥身子不好了。挂了电话，我在床边坐下来，手脚麻木地发呆。窗外是无边无际的黑色，楼下的路灯将冰冷的水泥地拥出一片清明的氤氲。

翌日午后，我从北京回到了双庙村。搭乘那班破旧的公交车进村时，司机魏江一脸惋惜地说，你姥姥是个多好的人呐。我坐在靠窗的座位上，瞅着窗外的景色发呆。河水早已结冰，白色的厚重的冰层像是些被遗弃的塑料布，在昏暗的阳光下散射着无精打采的光。山上也是一片灰色，冬天的双庙村，总让人觉得无比萧索。

公交车停下的地方，有一块黑色的石碑。石碑上有些文字，我从来没有注意过上面写了什么，因为自从我记事以来，那块石碑上的文字早已漫漶。姥姥总会站在石碑旁边等着迎接我们的到来。石碑后有一条蜿蜒的土路，沿着土路一直走，能爬上百草坪的山顶。我和银生表哥不止一次地从山顶俯瞰姥姥的沙地小院，炊烟袅袅，人影闪烁。姨夫们聚在河边，锋利的剔骨刀对准山羊的脖颈。大姨夫最擅长杀羊和烹煮羊肉，但十七年后，他却因为一碗舍不得倒掉的羊肉而丢了性命。从那之后，大姨再没有吃

花园荒芜

过荤腥，她整日跪在自家的佛堂里，手里握着一串檀木珠，一遍遍地诵经。她笃定每年一度的盛会对大姨夫来说，就是造孽的日子，因为姥爷总要选一只肥美的羊来开席。大姨夫去世之后，大姨就再不往双庙村来了。那几年，姥姥的身子也早就不好了，聚会上见不到大姨，她就在聚会后，把家里的小米和核桃去了壳，装进白布袋里，背到大姨家，一走就是十几里地。

在河边指指点点的那个身影，不用想也知道是三姨夫郭华了。对姥爷来说，郭华简直比我的舅舅还要亲。我舅舅结婚以后就搬出了沙地小院，他和媳妇去南方打工了，所以错过了那些年间的聚会。郭华每次来，走时都给姥爷留几十块钱，这个习惯一直持续到七年前他的生意破产，被追债的人堵到家门口。

我常常在聚会上见到五姨发呆的目光。她安安静静地坐着，像是那时我们班坐在墙角里的内向女孩。她很少说话，但目光却是柔软的，每次望向我，眼神里便溢满了宠爱的笑意。我喜欢搬个小马扎坐在她身边，跟她一起听大家说话，虽然很多时候，我听一会儿便觉得无聊跑开了。

在沙地小院里外转了一圈，我并没有看到四姨。这七八年的时间里，一直是姥姥在照顾四姨，姥姥一走，四姨也跟着消失了。七八年的时间，四姨的一头白发早已经重新变作黑发，但她活泼泼的性格却早已伴随着那些白发消失殆尽。我也不曾知道四姨究竟经历了什么，那些过往随着四姨的不告而别淹没在大风之中。

在姥姥家的河边，我碰见了六姨，她的眼睛肿得如同核桃一般，让我想起十一年前，六姨夫刚去世时候的她。每次聚会，六姨总躺在姥姥的土炕上，她的目光里也常常含了眼泪，还不曾说话，就已经泪水涟涟了。这些年来，她来回地奔波看病，却没有一个大夫能确诊她的病因。我妈的喉咙早已哭得喑哑，远嫁让她在姥姥去世的那一刻突然后悔当年嫁给我父亲徐波的决定。

姥爷仍然不在家，即使姥姥去世的这天。舅舅说，已经托去县城的人告知姥爷了，他应该在回来的路上。我很难想象，姥姥弥留之际，在病榻上疼痛地喘息时，姥爷居然还能安心地在县城的棋牌室里恣意挥霍。

我不忍走进姥姥的小屋，姨们的哭声让我的脚步停驻在沙地小院。姥姥的花猫在李子树下静默地趴着，恹恹的姿态似乎事不关已。我从口袋里掏出一根烟，银生哥还没有回来，尽管是他通知的我，但他却依然身在北京。飞行员的假期总是很难得到批准，他挂断电话时这样对我说。乌鸦的叫声将灰暗的天空切割成一块块裂帛，我捡起脚边的石头，冲着午后核桃树上的乌鸦丢过去。它们幸灾乐祸地站在树丫上，并不打算离开。我走到光秃秃的核桃树下去，不由自主地往河边更远的地方张望。那儿空空荡荡的，离家多年的五姨还是没有回来。

我站在树下，屋里随时都会哭声大作，我的脚步黏滞在院子外。

那天是姥爷的生日，也是我童年里最为盛大的节日之一。尽管从我家到姥姥家，只有两百里路的车程，但对于十三年前的我家来说，去姥姥家一趟却是颇费周折的。我妈总是提前一个月就开始准备要给姥姥带的东西，像是蜜食、烧饼、五香药之类。这些东西从我们庄里的集市上就能买到，但对生活在深山里的姥姥家来说，却都是稀罕的。

姥姥生养了八个孩子。大姨纪芬，二姨纪兰，三姨纪花，舅舅纪增，四姨纪霞，五姨纪红，六姨纪云，还有排行老八的我妈纪宁。所以你能想象，每逢姥姥或是姥爷的生日，八个子女的小家庭挤在山脚下的小沙地院子里时，嬉笑声活泼而又杂乱。用我

　　　　　　　　　　　　　　花园荒芜　│

爸徐波的话来说，那就是臭味相投。我妈纪宁不爱听他讲这话，但她心里也清楚，尽管这么多年过去了，我爸心里的坎却一直没能磨平。所以关于姥姥家的事情，她每次在我爸跟前说起来，都小心翼翼，像是喉头扎了根鱼刺，一个不小心就摩擦得刺痛。

每次坐上去姥姥家的长途汽车，都只有我和我妈。我们需要转三次车才能到姥姥村里的山脚下。所以，去姥姥家的那一天，总是要起个大早。记忆里，都是些夏天的清晨，天微微亮，深沉沉的睡眠里，听见妈妈轻手轻脚地收拾东西。肌肤与温水碰撞的淅淅沥沥，橡胶拖鞋与大理石摩擦的踢踢踏踏，塑料袋被系住的窸窸窣窣，在这些声音之后，妈妈的脚步声由远及近——她纤细的温凉的双手就伸进了我的被子里。

平淡的日子里，我厌倦起床，早起这件事常让我觉得人生艰难。但去姥姥家的那些清晨，却不一样。前一晚的入睡总是满怀兴奋的，一定要看着新衣服和袜子鞋子都摆在床头，还要想想翌日清晨让妈妈给扎一个怎样的小辫子才更显得可爱。去姥姥家，光是赶路，就要花费近一天的时间。我妈总说，要是近一些就好了，出门走几步就到，多省事。但我不这么觉得，那段蜿蜒的、一直从我家的小镇延伸到大山深处的路，让我无限着迷。

盛会前夜，我的睡眠，常常伴随着爸妈的争吵声。不用仔细听，我也知道，肯定是我爸又对我妈发牢骚了。去姥姥家一趟，最少也要花费五百元左右。光是来回路上的车费就要两百多，我妈见了姥姥姥爷，还要塞给他们两百块，再加上去之前买的点心和调料。在那时，五百元，几乎是我们家三个月的生活开支了。

我爸的嗓门很大，平时温和地说话都像是跟人吵架。一跟我妈吵起架，让我觉得，自己耳朵里有几只蜜蜂正嗡嗡地奋力乱撞。

"你又给你那个好爷留钱，有什么用处？"我爸气鼓鼓。

我妈压着自己的火儿，不说话，沉默得像是一潭湖水。她总是夹在中间，像是两块刀板之间压着的鱼肉片，被挤得变了形。

"给就是，都是白费，也不被人尊重。"我爸的话说得尖锐，像是一根刺刺冒火星的引子，点燃了我妈的愤怒。

窗户大开着，我躺在被子里。爸妈的争吵像是傍晚的潮水，一波比一波来得强劲猛烈。我曾在他们相互撕扯的时候，赤着脚走到外屋去，睁着核桃一般红肿的眼睛央求他们不要打架。我爸的手扯着我妈的长头发，像是放风筝一样地把她推到角落里。我妈操起手边的雕花槐椅，照着我爸的胳膊砸过去。桌上的一只白瓷碗应声落地，锐利而又猝不及防的碎裂声中，我的胳膊被弹起的瓷片划了一道小拇指长的口子。

该怪谁呢？

我望着窗外的蓝黑色的夜空。听我爸话里的意思，是姥爷犯了错，我妈给他钱，会让他一错再错。一只蚊子在细密的蓝色方格纱布上撞来撞去，寻找着可以侥幸进入屋里吸血的机会。嗡嗡的刺耳叫声和爸妈的争吵一样，让我在闭上眼睛的间隙感到十分无聊。

长途车从南麻县城驶入双庙村山间的泥泞小路时，我的心跟着车子上上下下的颠簸也兴奋起来。仄狭的、陡峭的山路在方向盘溜溜地打转中，一段又一段地突然延伸。脑袋贴在东边的车窗上，映入眼帘的是连绵不断的山，转过头朝对面一瞥，目光里便是哗哗流淌着的河水了。开车的是双庙村的老司机魏江，我们认识他，他更是看一眼就知道我妈的爹妈姐妹都是谁。听母亲说，她跟我这么大时，魏江就开着那辆公交车在双庙村到南麻县城的土路上驰骋了。

那也是唯一一班从村里通往城里的公交车。

　　　　　　　　　　　　　　　　　花 园 荒 芜　｜

八个兄弟姊妹里，就数我的母亲和三姨嫁得远。三姨纪花比我妈大了九岁，个子却比我妈矮了整整一头。"忕树墩"——我爸每次说起三姨，都这样称呼她。"忕"在鲁中方言里的意思是脑子不活络。但那时的我对三姨是颇有好感的，她每次来我家，手里都不空着，而且带的东西基本都是给我吃的：一整箱旺仔牛奶，一整箱金锣火腿肠又或是一塑料袋兔八哥棒冰。

　　三姨嫁的男人很有钱，这是我从小就知道的事。

　　三十一年前，三姨纪花十六岁。在家里的七个女孩里，三姨是皮肤最黑、个子最矮的那一个。那一年，大姨和二姨先后嫁了人。大姨的丈夫是东头桃花岭的果农，姓包。我爸年轻时每每醉酒，总会指头点着桌子，歪着脑袋，乜斜着白眼数落"大老包"的不近人情。没错，"大老包"就是我大姨夫。"大老包"迎娶我十八岁的大姨时，给了姥姥家五只羊、一头牛和一千块钱的彩礼。那时，他已经是桃花岭最有钱的果农之一了。我考上大学之前，每次在姥姥家的院子里与"大老包"走个对面，心里常常纠结着要不要恭敬地叫声"大姨夫"，然而，他的目光始终平视着前方，冷冰冰的像是秋天清晨的霜。我妈总是敦促我叫人，叫啊，这孩子不懂事呢，不认识你大姨夫吗？我怯怯地张嘴叫一声，他却白眼球多黑眼球少地飞过来几许目光，头似点非点。

　　"大姨夫的白眼球特别多。"小学六年级的生物课上，我看着那副色彩艳丽的眼球结构横剖图，黑色的箭头延伸出来，标示着各个部分的名称。我暗自想，大姨夫可能生着两层巩膜。

　　在姥爷看来，二姨就没有大姨嫁得好。二姨夫房力是双庙村里的小学数学老师。上门提亲的时候，带来的东西只有两只公鸡和一条红双喜。二姨夫是拘谨的，姥爷说他是三棍子闷不出半个响屁。尽管穷了点，但人家是文化人，知道什么话该说，什么话不该说。在姥姥家昏暗的小屋里坐了一下午，姥爷爱答不理地抽着自己的烟，二姨坐在一边干着急。二姨夫倒坐得安稳，不说话也不觉得尴尬，端着姥姥给添上的茶水，嘬着一小口一小口地喝。二姨急不过，拿肘子捅了捅二姨夫的后背。他这才不慌不忙地开口："叔，婶子，您二老放心，我和纪兰结婚以后，每个月都回来看你们一次。就算是学校里忙，我脱不开身，也要让纪兰回来。让她起码捎二十块钱回来。"

姥爷板着的脸上终于绽开了一道缝。

"知道孝顺就行！"他又点上一根红双喜，嘴角有了弧度。

"钱不钱的呢！你对纪兰好，我和她爹就放心了。"姥姥在一旁，卷着袖子张罗着晚饭，润生生的双手伸进凉水里拔蛋（给煮熟的鸡蛋降温）。

"孝顺老人应该的嘛。当老师也好，虽然没有俺大女婿挣钱多，但也还稳定。你知道俺大女婿包永杰吧，桃花岭那个，每个月都家来，有时开着大卡车出去送果子了，也得让大闺女捎回五十块钱来。"姥爷咂吧咂吧嘴，喝干净了碗里的蜂蜜水。

大姨和二姨的婚事，都看在三姨纪花的眼睛里，心里。我妈常常说，你三姨纪花是七个姊妹中，心气儿最高的一个。

春天总是一场盛会的筹备期，除了我妈、四姨和五姨，几个姨的婚事都是在春天办的。

当那个麻匪样的郭华盛气凌人地走进姥姥家的小土屋时，坐在红漆斑驳的木桌前吃花生下酒的姥爷，立刻就看出了他的财大气粗。三十多年后，姥姥一边用迟钝的小刀片剥核桃青皮，一边说起她第一次见到郭华时的场景。

"我一看，好家伙，这是土财主吗？脖子上挂着大金链子，袖子一只撸起来，露出一块金光闪闪的表。后来你姥爷说，郭长得像个蛤蟆，但是有钱，纪花跟着他不吃苦。"

"像个蛤蟆？"我的脑海里立刻就跳出蛤蟆的面孔。它们有着鼓鼓的腮帮子和水泡样的眼，皮肤上还有些油腻腻的疙瘩粒子。每次聚会，我在姥姥家的河边流连，总会偶遇几只蛤蟆。有一年，我还从河里捞了些小蝌蚪回家，放在我妈的透明琉璃花瓶里，等着它们有朝一日变成绿色的青蛙。然而，半个月之后，琉璃瓶子里的蝌蚪不见了。为此，我难过了整整一天，谁知晚饭的时候，床下却突然蹦出一只满身褐色疙瘩的癞蛤蟆，立在饭桌前，与我们六目相对，白色的腹皮抽动着，从遥远的身体内部传出沉闷的"咕儿呱呱"。

郭华第一次去我姥姥家里，不是为了见我三姨，因为那时他还不认识我三姨是谁。他是为了寻找一种药材——野生灵芝。那些年，去山里找药材的人，常常就迷失在山林深处了。我姥爷别的本事没有，就好漫山遍野地挖一些中药材。当然，挖药材这回事全靠运气，像姥爷自己说的，"三年不开张，开张吃三年"。当然这是种颇具理想主义色彩的自我安慰，因为姥爷通常都是"三年不开张，开张吃三天"。

大姨、二姨结婚之后，姥爷手里开始有了稳定的收入。从前，他不愿待在家里，常常是最农忙的时候，他一个人就去深山里了，好几天才回来。运气好些的时候，能挖到些何首乌和穿金龙，他就提到山下去卖。卖药材，总是要跑到南麻县城里的，村里的人是不屑买的。南麻县城里，有许多不知道怎么就发了家的人。姥爷常见马路上跑着的汽车和街道两边开起的会所。在姥爷眼里，城里人才是最好的主顾，他们挣钱有路子，花钱也舍得。不卖给他们卖给谁呢？

姥爷在马路边坐着，把从山里挖的新鲜药材在脚边一字摆开。为了吸引顾客，姥爷甚至把姥姥种的小葫芦也带去了。那都是吸引人的小玩意儿。

他最开始在马路上卖药材，几天下来，能赚个二三十块钱。直到有一天，有个生意人模样的中年男人走到姥爷的药摊面前，饶有兴味地端着那株野生灵芝打量。那是姥爷第一次挖到野生灵芝，更确切地说，姥爷觉得他与那株灵芝有缘，因为他上山的时候，竟没发现就长在路边松树下的它。下山的时候，绊了一跤，正摔在那玩意儿旁边。

姥爷觉得，那株灵芝注定要被他采摘的。而且他每次说起来，都信誓旦旦地说，它肯定是三个小时的工夫就从孢子粉长成了一株拳头大的喜人灵芝，专等着姥爷摘了它。

那男人问价。那时，城里的灵芝价格也不过是一百二左右一小株。姥爷思忖着这灵芝跟他的缘分，又想到了这些年自己在山里几次差点摔下悬崖的场景。他感动了自己，于是决定把之前所有的"辛劳"成本都算在这株灵芝上。

他咬咬牙说，你要是诚心想要，就三百块钱，少一分不卖。

那人显然是觉得贵了，但却不肯走，蹲着跟姥爷磨牙。一天下来，倒也没有别人来问价。天色渐渐昏暗下去，姥爷听见自己的肚子咕噜噜地吵嚷着，又看看面前的一排中药，叶子已经有些干巴了。

他故作为难地说，老兄，这样吧，你看两百五你拿走。再少可就不行了，今天没开张，不代表明天也不开张，说不定，明天有人五百买去。

那男人也不再厮磨，从口袋里掏出一只棕皮钱包，给姥爷拿钱。

虽然那株野生灵芝卖了个"傻数"，但这却并不能减少姥爷拿到钱时候的心跳加速和血脉偾张。当晚，姥爷住进了南麻县城最好的一家宾馆。

从那之后的半年多时间里，姥爷再进山，只奔着一种药材去——野生灵芝。

所以，当郭华站在姥姥家的小屋里时，姥爷遇到"贵人"的感觉又一次生发出来。他仿佛又一次见到了在南麻县城里跟他磨牙的那个中年人。尽管那时的郭华只有二十九岁。

郭华端起姥姥倒的茶水，看了一眼茶碗上的黄渍，就又放下了。明晃晃的大金链子在昏暗的小屋里闪闪发亮。姥姥往灶里加炭时，火苗儿跳跃着，映得郭华的脸也红彤彤、金灿灿的了。

"我想寻些野生灵芝。但进山走了一天，皮鞋都硌掉了底儿，也没见到灵芝的影儿。听人家说你拾到过？"郭华懊恼地从绳子上拉下姥爷擦脸的毛巾，照着自己的皮鞋就蒙过去。

"你要多少？"姥爷顾不上自己的毛巾，殷切地问。

"有多少要多少。"郭华把用完的毛巾扔在灶脚下，一副不差钱的架势。

"一个月后来拿吧，至少这个数。"姥爷狡黠的目光在郭华的脸上游走，伸出的三个指头在黑暗的小屋里发着淡淡的光。

姥爷亲昵地握着郭华的胖手走出沙地院子时，我妈和几个未出嫁的姊妹正从河边洗衣服回来。她们收敛了说笑，快速地经过郭华的身边。走远后，姊妹们讨论着郭华脖子上的大金链子和身上熨帖的白衬衫，三姨纪花不由得回过头，黑黄的脸颊上，一抹桃红色若有若无。

郭华的身影已经远得看不见了，门口那儿，我的姥爷正站在那儿，微笑着，充满野心地朝屋后的深山森林张望。

那一个月，姥爷天天带着午饭进山。他信心满满地认为自己与野生灵芝是有缘分的。但一个月漫山遍野的搜摸寻找之后，姥爷才意识到缘分可遇不可求。

当郭华再一次坐在姥姥家的小屋里时，姥爷蔫头耷脑。他原本预想中一手交钱、一手交货的场景如同填进灶里的柴火，噼里啪啦地化为灰烬。姥姥站在水缸边，用白碱仔仔细细地擦拭着瓷杯，又用开水烫过两遍，这才倒好茶，端上桌。

郭华看了一眼茶杯，茶水淡得像是清水了，几根蚂蚁尸体一样的茶棒子飘在水上，晃悠悠的。

多年以后，已成为姥姥三女婿的郭华，每次到姥姥家，喝茶的时候仍旧是一脸嫌弃。

"太淡了！跟哈水有什么区别？"

姥姥还如同当年他到家里来时一样，用白碱和开水把杯子清洗一遍又一遍，再从抽屉里取出那一罐西湖龙井，用粗糙的手指捏出些茶叶，小心翼翼地放进茶壶中去。

野生灵芝没找到，姥爷的发财梦也就被腰斩了。一个月前，姥爷还野心满满地算着，野灵芝不愁没人买，只要能寻到，赚钱容易得很。他想着一个月至少能寻到三个灵芝，赚七百五十块钱，那么一年就是九千块钱。这还是最保守的计算，要是有几个月能多捡到三五个灵芝，那一年下来，他也可以成为万元户了。他望着那片远山的时候，觉得雾霭里的深山森林，就是孕育着宝贝的风水宝地。姥爷满目是金色的，金灿灿一片。

不过一个月的时间，姥爷的眼神就黯淡下去了。他坐在炕头上，满怀失望地看看郭华那雪白的衬衫，那脖子上挂着的大金链子，以及脚上蹬着的锃亮的皮鞋。姥爷觉得那些物件原本都是他的，可是现在却都要被别人拿走了。

屋外飘起了雨丝，淅淅沥沥的。郭华站起来想走，但走到门口，便看到前方的天空白蒙蒙一片，亮得晃眼。他知道前方的路上正下着一场急雨。他退回马扎边，又一脸无聊地坐下了。

三姨拿着半塑料袋蚂蚱走进了姥姥的小屋。屋里暗沉沉的，即使在白天，也昏暗得如同裹着黑纱帐的傍晚。暗淡的光线掩饰了三姨皮肤的黑，她破天荒地穿了一件米黄底绿花的裙子，露出两条粗粗壮壮的腿。

姥姥坐在门口拿不锈钢勺刮着土豆皮。姥爷坐在床上苦闷地大口抽烟。郭华原本也是百无聊赖地坐着。三姨走进屋里，她的一举一动，便格外引得郭华的注意。她从褐色的水缸里舀了两瓢水，又拎着袋子的一角，把蚂蚱弄进水盆里去，动作小心得像是在做一场烹饪表演。在此之前，她才懒得帮忙洗菜做饭。而那一刻，她几乎是很有耐心地在料理晚餐了。

姥爷发现了三姨的反常。他的目光滴溜溜地在三姨和郭华脸上转几圈，心里就有了主意，脸上又重新有了一个月前看着远山的那股兴奋劲。

"郭兄弟，讨婆姨了吗？"姥爷问得漫不经心。

"有一个，前年死了。"郭华的目光并不理会姥爷，依然停在三姨的碎花裙上。

"一个人生活不容易呐，还是得找个知冷知热的人。"姥爷抽口烟，咂巴咂巴嘴，意味深长了。

三姨刷锅、抱柴、引火。黑色马尾也跟着她的脚步活泼泼地跳。锅里添了猪油，噼里啪啦的热锅声一响，葱花的香味就游走在空气里了。三姨弯下腰去放蚂蚱了。蚂蚱裹了面糊，被她兰花指拎着，一只接一只地放进锅里。

那个傍晚，雨也就下了两刻钟，天还没黑就放晴了。但郭华在姥姥屋里，一直待到月黑风高才离开。

郭华离开后，姥爷和姥姥屋里爆发出激烈的争吵。疏朗的月夜里，刺耳的吵闹声格外动人心魄。姥姥没有一哭二闹三上吊的本事，她知道姥爷从不曾听她的，有了意见分歧时，她常独自静静地坐着，满目的凄然。

但对三姨的婚事，姥姥却没有保持沉默。她和姥爷吵啊吵，一直吵到姥爷一只脚在梦里，一只脚在梦外。姥姥说，三闺女打小就娇养，跟着郭华还不吃苦头？姥姥说，三闺女嫁过去我不放心，他那个老婆不知道是怎么死的。看郭华的样子，不是什么善茬，三闺女去了，能受得住？姥姥还说，郭家离咱们这少说得有两百里路，这远嫁过去，受了委屈，都没个人在三闺女旁边给撑撑腰，能中？

姥姥自己嘴里咕叨着，越说话越多。姥爷早已吹起了响亮的鼾声。月光下，姥姥小屋的门突然开了。三姨站在门口，还穿着傍晚时的那条碎花裙子。

三姨开口只说了一句话："我就想嫁给郭华。"

姥姥看着一脸坚定的三姨，半天没缓过神来。等她想开口说什么的时候，三姨已经转身走了，木门在她身后，吱呀一声合上了。

所以你能想象，结婚之后，郭华带着三姨回娘家时，那场面简直就是声势浩大。三姨大包小包地带着各种礼品回来：猪头肉、鸡蛋糕、香肠、大白兔奶糖。三姨穿着红色的绸裙子，红色锃亮的高跟鞋，头发盘在脑后，高高地立着一个精致的髻子。三姨甚至还化了妆，厚厚的粉底一涂上去，整个脸蛋就白嫩了不少。几个未出嫁的妹妹，总是很羡慕的，嘴里不说，但心里却痒痒得厉害，暗自思忖着以后自己也要风风光光地嫁出去，大摇大摆地回娘家。

三姨从皮包里掏出花花绿绿的围巾和裙子，放在床上给妹妹们挑选。郭华坐在姥姥的小屋里，端了端手里的茶碗，蹙起眉头喝了一口，嘴里便嚷嚷着，淡了，淡了！三姨从姥姥的抽屉里掏出一罐西湖龙井，往茶壶里添茶叶棒。郭华往床边瞥了一眼，叫道，小七子不过来给姐夫掌掌茶？

三姨的手突然就停在那儿了。小七子——也就是我妈，回头看了一眼傲骄的郭华，回道，俺三姐冲的茶好吃！她在家的时候，来客都是她冲的！

郭华看我妈并不睬他，便自顾自地解围，那小六子来吧！六姨彼时正在试一条火红的围巾，听见郭华叫她了，便愣愣地走过来，端起茶壶，腰也不弯，哗啦啦只顾倒满。六姨人生得有些愣，但长得纤弱，皮肤白皙。一条黑色的辫子在脑后荡来荡去，像是一匹欢快的小马。

四姨、五姨的婚事，还没来得及张罗，隔壁村就有人上门，来提六姨的亲。提亲的是西岭的李化山，家里种了两亩果园，平日里就靠果树丰收，换一年的生活。

李化山推着桃子下山的时候，正遇到我的几个姨带着铁桶上山摘桃。六姨脚步欢快，脑袋后面的小辫子也跟着活泼泼地上下翻飞。五姨不说话，微笑着看四姨和六姨打闹。六姨只顾回着头跟四姨搭话，身子径自撞到了李化山的独轮车上。一桶桃子歪了，骨碌碌地滚出几只来，正落在六姨趔趄了一下的脚边。

"没事吧？"李化山问。他的个子很高，站在那儿像是一棵苗壮的树。眼睛乌黑有神，五官也长得端正。除了皮肤黑了些，一张脸庞却无限清秀。六姨看着他，白皙的脸颊上，一簇簇红晕就浮现出来。

十天后，李化山就上门提亲了。他走进院子的那个黄昏，六姨正在院子里喂鸡。她端着一只发黄的簸箕，里面盛着小米。她喉头咕咕咕咕地唤鸡，鸡们就迈着八字步摇摇晃晃地走过来。李化山就是在这时走进门的，他对六姨点头微笑，接着就走进姥姥的小屋里去了。他手里拎着两包红纸包的桃酥，一只绑了爪子的大公鸡。六姨猜到他是来做什么的了，思忖着，手里的小米就洒得偏了，一把扔到了门前的臭水沟里。鸡们走过去低下头闻闻，一脸疑惑地走开了。

尽管李化山家里除了两亩果园和一间空房之外，啥也没有，六姨还是坚决地嫁到了李家。从此开始了她二十一年的疾病生涯和贫苦生活。在后来的日子里，姥姥在世的时候总是感叹，所有的儿女中，大概小六子是过得最难的了。别的孩子穷也好富也好，起码有吃有穿，得病看病。只有小六子，缺吃少穿，得病忍着。没办法，靠家里的两亩果树，总是养不起一家三口的。

在所有的姨们中，我最不愿提及的，就是五姨。五姨沉默寡言，在我的记忆里，她很少说话，平日里总是穿一件白色的衬衣和一条棕色的喇叭裤。那身衣服她反反复复洗了很多年，屁股那儿磨得破了，她就从裤脚裁下一块布，缝补在破口处。个子越长越高，裤子却越穿越短，再后来，索性当个短裤穿了。

在我的记忆里，或许五姨是最没存在感的。等到其他的姊妹都结婚了，带了孩子围坐在姥姥的沙地院子里，五姨却还是孑然一身。我七岁那年，五姨还没结婚，算起来，那时候她也已经是二十九岁的老姑娘了。孩子们在院子各处胡闹，姊妹们讨论着吃什么才好下奶。五姨就坐在人群里，和院子里的那棵杏树一样，充当了倾听者的角色。

那时的我还不了解，五姨的心里，始终是有着那样一个男人的。现在回想起来，或许当姊妹们讨论着结了婚之后学会的种种饭菜手艺，又或是喂养孩子的欣喜和艰涩时，五姨的心里总会浮现出那个男人的样子吧。她憧憬着成为他的妻子，为他学会煮粥烙饼做饺子，也期待着跟他生下一男半女，过安稳的小日子。

那时，五姨心心念念的男人总是很神秘。十八岁的时候，五姨就认识了他，她等了他整整十年的时间，直到他无征兆地再次出现。十年后的那一天，五姨梳洗好了自己的长头发，在脑后扎一个结结实实的马尾。她拿上自己学着做的葱花烙饼和鸡蛋糕，满怀期待地沿着蜿蜒的山路走着，她是等他回来。站在小路上，她像是一面等风的旗。

直到现在，我也不太确定，五姨夫究竟是叫董花红还是叫董瓜工，那我们就暂且称呼他为董吧。我也只是在姨们讨论的间隙，偶然拾得几句。五姨是八个孩子里念书念得最好的那个。我妈常常说，别看老五整天闷声不响的，脑子比哪个都好使。在姥姥小屋的毛玻璃上，我看到过一对栩栩如生的赭色凤凰窗花，那是五姨还未出阁时剪的。时隔多年，凤凰早就褪去了艳丽的红色，失却了昨日的新鲜，剪纸的边缘也泛着白花花的底色。

五姨把很多心事都埋在心里，姊妹们凑在一起说话的时候，她总不作声。但你并不觉得她孤僻。哪个姐姐又或者妹妹遇见了烦心的事情，总是要来找她说一说。她们倾诉的时候，五姨就一脸耐心地注视着说话的人，不时微微点头。等倾诉的说完了，她这才不紧不慢地开口，常常能给出个不错的建议。她就是有这个能力，能从复杂的人情世故网里抽离出最要紧的那根丝。我妈说，那时，班长胡兵还追过五姨半年的时间。我知道胡兵叔，他后来自己做生意，生活也很稳定了。

董不是双庙本地人，他的老家在五百多里外的池上村。五姨是怎么喜欢上了他呢？这个问题着实令人费解，不单我，就连孩子满地跑的姨们也想不明白。纪红怎么就看不上人家胡兵呢？偏偏还挑中了五大三粗的董？

七岁那年，我和几个表哥表姐捉迷藏。院子里没人，大人们都在姥姥的小屋里围着说话。到我藏的时候，想着去个僻静的角落里，任他们谁也找不到我。当银生表哥把脸埋在袖子里，胳膊搭在墙上开始数数时，我不假思索地跑出了屋子。

我想到姥姥院子外面的核桃树下，有一个棕色的扁肚子大水瓮。这水瓮原本是在沙地院子里的，后来瓮底漏了水，姥姥便把它从小院里挪到牛栏的核桃树那儿去了。我飞快地跑出了院子，径自往水瓮那儿跑去。远远地，看到核桃树下站着一个人。

我的脚步突然就停了。

那人显然听见了我的脚步声，他转过脸来看我。核桃树下站立着的他，像是旁边新长出来的另一棵树。他剃了一个光头，目光冷厉。

我们对视了有五秒钟。一阵莫名的恐惧从我心底升腾出来，将我的双脚紧紧攫住，我老老实实地站在原地，动也不敢动。他看着我的时候，眼神里也有些惊讶，看我不再往前走过去了，他这时却慢慢朝我走来。

他的长相和打扮跟我童年时对坏蛋的想象完全契合。

如今回想起来，还能清晰地想起自己当时筛糠般地发抖。他走到我身边，慢慢蹲下去，高大的个子像是对折了。我看着他，惊恐地感觉到自己错过了最好的逃跑机会。

他伸出手来，搂住了我的腰。然后我的双脚便腾空了，一阵眩晕。等我再能思考的时候，我知道我已经被他抱在怀里了。

"你叫什么名字？"他用一只手托着我的身子，另一只手伸到大衣口袋里摸索着。

害怕让我变成了一个哑巴。

"你是小七的孩子吧？叫徐莹莹对不对？"他一边说着，一边展开大手。粗厚的手心里躺着一块黄油纸包装的糖。

我确信他是个拐子。我妈说过，拐子拐跑小孩之前，都是要套近乎，拿糖来讨小孩的欢心。

直到银生表哥从院子里出来寻我，我才觉得得救了。我拼命地挥手，嘴里却一句话也说不出来。表哥跑过来，一脸疑惑地看着那个高大的男人。

"放我下来。"我终于不是哑巴了，挣扎着身子想要从他怀里逃脱。

他轻轻把我放下，又从口袋里掏出一个糖，递给大我一岁的表哥银生。

"你是六子的孩子，李银生吧？"他说。

我只在八岁那年见过董。之后的时光里，每次在姥姥家聚会的时候，五姨都是一个人来。十二年后，我和表哥在北京的餐厅里聊天，说起当年见董时候的场景，不禁觉得时光荏苒。

有十年的时间，在姥姥家聚会的时候，五姨总是一个人来。尽管没有结婚，但五姨在和董同居的那天之后，就把自己的头发都挽在脑后，梳成一个朴素的髻子。她早已经把自己看作董的妻子了，尽管直到现在，他们依然没有结婚。

那些年的姥爷，得了几个有钱的女婿之后，就十天半月地不在家了。每个月，他都要坐车去县城，住城里那间最好的宾馆。姥姥的心思都在五姨身上，忧愁使她齐耳的短发迅速地白了几片。那时，十七岁的五姨常常一个人跑到河边静静坐着，到了吃饭点也不回家，就在水库坝上坐着发呆。多年以后，当我也独自在姥姥家门前的水库边上望着溪水出神时，我似乎突然就懂得了五姨当年那些剪不断理更乱的情绪。

姥姥用劝过五姨的话来劝我：丫头，别犯傻！感情的事要你情我愿，不能赶鸭子上架。姥姥还说，你五姨吃了多少苦头！咱可不学她，人的一辈子还长，十七八岁就是个坎，想不开的时候，忍一忍就过去了。

十二年后，当我和银生表哥坐在餐厅里聊天的时候，姥姥已经不在了。银生夹了一块切好的牛肉，放进我面前的白色餐盘里。他说，姥姥，咱们姥姥是个多好的人啊！我低下头去，用刀子把肉切成两瓣、三瓣、四瓣。

在我的记忆里，对银生表哥最早的印象大概就是我七岁那年，我们在沙地小院过家家。那时对国产电视剧里的"结婚"场景有着无限的好奇，所以我就扮演了"新娘"，而他扮演了"新郎"。十岁的表姐娜娜则扮演了我们"婚礼"的主持人。为了扮演得更像些，娜娜甚至把姥姥种的地瓜花薅下来绑在我的头发上。

还记得那一天，我精心地"化了妆"。从大妗子的胭脂盒里找到了粉饼和胭脂粒。在姥姥的抽屉里，翻出了一张红纸。嘴唇蘸蘸水，含住红纸来回捂几下，小嘴巴就红通通的了。娜姐用串串红的花瓣给我染红透明的指甲，又把盖电视的白色帘布盖在我的脑袋上。我闻到一股潮湿的霉味。

银生倒没有多打扮，他穿着那双开了胶的塑料棕凉鞋在院子里等着，他的短裤有些肥大，一根鞋带在裤腰里挂着。那是舅舅小时候的裤子了，姥姥改了改，往裤腰里穿了一根鞋带，这裤子就给了银生。

在娜姐嘻嘻哈哈的主持声中，我们像模像样地拜了天地。接下来就稀里糊涂地"入了洞房"。

大人们那时都去河边帮忙杀羊了。我和银生坐在姥姥的炕上，百无聊赖地研究着"入洞房"要做些什么。银生说，电视上看的人家结婚，都是男的女的坐在一张床上，然后床上有个大帘子，一拉就算完了。我说，帘子拉了，灯也要关上。银生点点头说好像是这样。

然后呢？

银生说还要把外面的褂子脱去。他又想了想说，脱外衣可能是怕身上沾的灰弄脏了床。但是姥姥的床上都是孩子们的鞋印子和湿漉漉的瓜子皮，好像也没有脱掉外衣的必要。那时候，我们觉得"入洞房"也就是这么回事了，于是就合衣躺在床上，讨论姥姥屋檐下的燕子窝。燕子还没回来，该是去南方了，小燕子穿花衣，年年春天才来这里。可是这都是夏天了，燕子还没到这里，它们会是迷路了吗？

姥姥的大花猫在我们的脑袋上走来走去，不时把脑袋低到爪子里去，瞪着圆圆的眼睛瞅我们。银生伸出一只手去抓它的腿，花猫喵呜一下就跳到窗户上了。我歪过头去看银生，他的皮肤黝黑，鼻梁挺拔，两只眼睛黑亮有神。阳光从泛着裂隙和水渍的窗户里投射进来，正洒在我们脸上。

十二年后的傍晚，北京的阳光氤氲得如同那个黄昏的窗边。银生的手机不时响起，他一手拿着汤勺，另一只在屏幕上划拉。我低头吃着餐盘里的食物，很多记忆都随着时光斑驳了。尽管只有十几年的时间，但回想起那些年的盛会，却总有一种恍如隔世的感觉。

姥姥去世的时候，脸上都是五姨的模样。五姨是十年前离开双庙村的，那一年，五姨二十九岁。后来的每次家庭聚会里，我们再没有见过五姨了。只是姥姥，每次聚会都会格外伤感，想起那个远走他乡，不知道是死是活的五丫头。

董初来双庙村时，就在村东的一户废弃房里住下了。那是一座危房，屋檐已经溃溻了大半，疯长的杂草肆无忌惮地在小院里蔓延，大块大块的苔藓像是皮肤病人的患处，一层层密集地生长。董并不常住在那儿，住在附近的人们七八天才见到他一次。其余的日子，他几乎都在南麻县城流连。

他第一次见到他的"老泰山（丈人）"是在南麻宾馆的棋牌室。那一天，我的姥爷赚了二百五十块钱，除去下馆子花去的五十六块五和住宾馆的费用六十块整，他还有一百三十三块五毛。入夜的时候，姥爷兜里揣着剩下的钱走进了棋牌室。

姥爷虽然是第一次到棋牌室里玩，但脑子却活络得很，他从裤兜里掏出两张十块的递给他们。为首的年轻人个子很高，剃着光头，一脸的冷峻。不必说，那就是我的五姨夫了。当时，他还不知道他"打劫"的是他未来的"老泰山"，但我后来想，他即便知道，也会围着我的姥爷，气势汹汹地问他要钱。

两年以后，当董出现在我姥姥的小屋里，向我的姥姥提出想娶五姨时，冷冷的目光正与走进屋里的姥爷相对。我的姥爷在县城里鬼混了半个月，提着半根风干的腊肉回到家时，身上丰润得像是在猪油罐里浸泡过。我的姥爷害怕自己去县城的那些荒唐事被董抖搂出来，但他内心里又绝不可能接受董来做他的女婿。

所以他故作从容地让我的姥姥去冲一壶龙井来。

"想娶五丫头也行，彩礼这个数。"姥爷摆弄着那失了血色的腊肉，一边伸出五个指头。

"五百？"五姨忙问。

姥爷摇摇头。

"爹——你要是不同意就直说，没必要这样。"五姨赌气地说。平素里，五姨从不跟姥爷顶嘴，即使姥爷让她吃了苦头，她也从不表现在面上。就像是五姨考上了县里的中专那年，姥爷喝着蜂蜜水说家里没钱给她交学费，要是她非要去上学，家里的几个妹妹就连小学也上不起了。五姨说她自己可以去卖柴火换学费，姥爷手一划拉，就把一碗蜂蜜水划拉到地上了，瓷碗啪的一声就裂成碎片。姥爷说，女孩子家，念个一两年，识得男女茅房就行了，念那么些书干甚？后来五姨就没再上学了。

姥爷翻了个白眼说，这年头，有本事的娶媳妇吃肉，没本事的伸手要钱。怪谁呢？赖汉不惹人同情！

五姨几乎是哭着说，爹，我就是要嫁给他。你要是不愿意，我们结婚之后就走得远远的，你就当没生过我这个闺女。

姥爷的巴掌风一般地闪过五姨苍白的脸。姥姥从屋外跑进来，来不及放下茶壶，就挡在五姨的身子前。姥姥哭着央求，有啥意见好好说，别发火。五姨拨拉开哭泣的姥姥，挺着脖子说，让他打，打死我也好！

董就是在这时走出了姥姥的小屋。他的牙齿咬得咯嘣响，眉头蹙成狰狞的一团。他走出沙地小院时，正与抱着鸭子走进沙地小院的我妈走了个对面。

我妈是家里最小的孩子，姥姥说，我妈出生的那年，赶上自然灾害。几个月没喝到一碗粥的姥姥没有奶水，只能抱着气息奄奄的我妈在村里到处求人。怎么求呢，姥姥用小褥子裹着我妈瘦弱的青紫的小身子，挨家挨户地敲门。人家要是开门了，姥姥就扑通一下跪在门口，乞求能施舍些玉米面。

那几年，村里的人家都没有粮食。姥姥就沿着河边的人家，一家一户地求。到了桃花岭的时候，姥姥的额头和膝盖都在流血。

"那后来呢？"每次聚会，我都爱坐在姥姥身边，听她讲讲从前的那些事。我对那些我不曾参与的时光是那么好奇，它们就像是一条时光隧道，沿途挂满了记忆的旗子。

"后来，桃花岭的一个张姓女人给了我半罐奶粉，喂活了你妈。"姥姥说话的时候，手里总在做活儿，不是刮土豆皮，就是剥玉米粒。突兀的血管在她苍老皱缩的手背上蔓延，姥姥总是呵呵地笑着，那笑容温软，慈爱，一直在我的脑海里，清晰如昨。

我妈从小就病恹恹的，身子羸弱。又因为是家里的老小，姥姥通常护着的，也是我妈。姥姥门前的那条清水河，就是我妈年幼时放鸭子的地方。我的脑海中经常有那样一幅画面：露水婆娑的清晨，溢满青草香气的河岸边，一个纤弱的少女，身着的确良衬衫，碎花裙子在空中起舞，她拿着一根细长的芦苇，驱赶着黄色的鸭子下河。

对我妈来说，年轻时候的时光记忆更多的是平淡。四姨和五姨离家之后，她的日子与门前流淌的清水河别无二致。等到我妈长到十六岁，家里的闺女就剩下她自己了。于是，每年姥爷的生日，便变成了我妈期盼的节日。那些"节日"里有着令人欢欣的盛会，一家人总算又重坐在一张桌子前吃饭了，姊妹们也能凑在一起说说体己话。

中学毕业之后，我妈也没能考上中专，便在家跟着姥姥上山打理果树。十九岁那年，媒人们陆陆续续地走进姥姥的沙地院子，给我妈说媒。有桃花岭的数学老师，有清水河上游的木匠，有邻村太河乡的个体户，还有南麻县城卫生院的中医。我妈每天赶着鸭子回家时，常能遇到媒婆从院子里出来，一看见她就上下打量着夸奖，这闺女俊！白生生的！跟托我说亲的小伙子绝配！我都给你妈说了，就是咱们村东头的吴家，就一个儿子，人家还是……

还没等媒婆说完，我妈已经赶着鸭子跑进院子里了。姥姥赔笑着把媒婆送走，常常还要把家里晒的辣椒蒜头给媒婆拿上几串。

"妮，你也听听，有合适的可以处处。"姥姥说。

"俺还不想嫁人呢！看姐姐们一谈恋爱，都昏了头一样。俺觉得还是在家好。"我妈把捉的小虾放在砧板上，用臼杵一下一下地砸成虾泥。

"在家当老闺女？"姥姥站在我妈身后，用木梳子给她梳理黑莹莹的长发。

"反正俺就是不想处对象，就算处，也得四姐和五姐结了婚以后。"

傍晚的阳光柔柔地泼洒在沙地小院的每个角落，半年前，四姨消失在一个下雨的夜晚，杳无音信。五姨在四姨消失不久后，也跟着董姓男人远走他乡了，连绵的雨季里，姥姥趿拉着那双已经沤烂了橡胶底的黑布鞋，深深浅浅地行走在附近的几个村庄里。大山背后还是大山，这让走在村子里的姥姥无比茫然，出了大山，又该去哪里寻自己的两个闺女呢？她的咳嗽也越来越厉害了，每天晚上入睡前，她的胸口像是塞满了山上的砾石。透过石头的缝隙，她微弱的呼吸得以进行。但脑海里一想到自己的两个闺女，那些缝隙便随之封上。姥姥坐起来，走到河边去，月光里，姥姥咳着，吐着。吐一口是血团子，再吐一口，还是血团子。

　　没等到四姨和五姨回来，我妈就处了对象。那时候，家里就剩了姥姥、舅舅和我妈。在那些雨水不断的时光里，姥爷整日流连在县城的棋牌室。白天就在棋牌室里打牌又或是看别人打牌，黄昏时候晕晕乎乎地走到宾馆附近的酒馆里，一点就是五六个炒菜，再加一壶温过的黄酒。

　　姥爷每个月都回双庙村拿钱。从南麻县城到双庙村，要花一块五毛钱的车费。收费的是司机魏江的媳妇。姥爷每次坐车都给她两块钱，魏江媳妇从军绿色的布包里摸索着零钱的时候，姥爷就摆摆手说，不用找啦。魏江媳妇就笑笑，把掏出的五毛零钱又递给别的乘客了。

　　每次姥爷从南麻县城回来，必定是要睡足一天一夜，那疲倦程度丝毫不亚于在村里水泥厂出大力的工人。第二天睡饱醒来，就背着手到庄集上转悠去了。姥姥在家做韭菜鸡蛋、干煸腰子、辣椒蝎子。姥姥不吵不闹，但手里洗着菜，自己就咳嗽起来。

　　姥爷不在家的时候，姥姥把钱都藏起来了。等到姥爷在家里休息够了，又要去县城时，便问姥姥要钱。姥姥手里做着活儿，也不抬头，只是说家里没钱。姥爷再问，姥姥说，四丫头和五丫头现在都不知道是死是活，你还要钱？你还是人吗？姥爷气急败坏，那都是她们自己不长出息！

共同生活了二十多年，姥爷知道姥姥的隐忍。即使拳脚相加，姥姥也不会把藏钱的地方告诉他。姥爷在家里翻箱倒柜地找，只寻得几毛钱。他索性搭了村里卖桃子的车，去了郭华家。再回来时，又是一个月以后的事了。在回村里的公交车上，姥爷还跟魏江媳妇吵起来了，他说，我平素坐车多了的那五毛钱要过吗？我这身上就一块钱了，你还问我要那五毛？魏江媳妇嘴也伶俐起来，张嘴回道，人家坐车都是一块五，凭啥你就一块钱？

离双庙村还有两公里的时候，姥爷下了车。一块钱的车票到不了村里，缺了的五毛钱还得自己走回去。姥爷一边骂骂咧咧，寻思着魏江媳妇不是个东西，一边懊恼地往村里走。

姥爷告诉姥姥，他这次去城里，汽车站那有个人说见过小五子，但具体的消息人就不跟咱说了，我看看回去之后给人家买几瓶好酒，实在地问问；人家说四儿是下了南方了，说是去了广西桂林，我得去看看，没准能把四儿带回来。

姥姥没去过县城，更没有去过南方。在一个有月光的秋夜，姥姥独自坐在院子里，思忖着姥爷带回来的消息。自从四姨和五姨走了，姥姥的心都缺了两块。

姥姥把藏起来的钱拿出来，数好，缝在姥爷的裤腰里。姥爷要出门的前几天，姥姥一刻不得闲，她去山上砍柴，去村东的粮食房磨了半袋面粉，又去集上买了白糖和花生。围着锅边，她蒸了两大锅花生馍馍。那都是给姥爷准备的干粮。

姥姥不知道南方在哪儿，但她觉得那儿一定很远，要坐很远的车，走很长的路才能到达，或许还要翻过好几座大山，蹚好几条急河。她甚至开始担忧即将出远门的姥爷。

　　　　　　　　　　　　　　　花园荒芜　|

那年的雨水很多，我妈赶着鸭子下河时，常常看到不远处的百草坪上空发着蒙蒙的亮。虽然终日都是湿漉漉的，但上门提亲的人却不断。姥姥心里忧愁着四姨，牵挂着五姨，几乎没有更多的心思给我妈了。

"排队的媒人从家门口排到汽车站。"我妈现在常常这样说。说这话时，脸上免不了有些得意的神采。当然，这话更多的时候是说给我爸听的。

雨季中间的一个黄昏，三姨回来了。她依旧是带着大包小包的东西走进屋里，说话时的嗓门也比在家做闺女时候大了几倍，屋里只有三姨在说话，但却闹哄哄的。三姨开始给姥姥出谋划策，老五这个事，应该是得去南方和内蒙古一带找找，现在躲债的一般都是往这些地方去。

姥姥手里做着活儿，也不说话。姥爷倚在床上，手里拿着一支刚点好的烟。三姨坐在门口，一根扁豆在手里摆弄，看着是想要择丝，但手又停下了。

桃花岭的媒婆又上门说亲了。我妈佯装着拉肚子，便躲进了茅房里。细密的雨脚透过茅房顶部的稻草，一根线一样从屋顶坠落，滴滴拉拉不断。湿冷的水汽在我妈的身边弥漫，脚面上也沾了茅房里的黄泥。她站在一块不漏雨的茅草下，等着媒人离开。

第二天一早，我妈就决定跟着三姨回去待一段时间。之前郭华每次来，都会叫我妈跟着回去玩几天。郭华家在两百多里外的徐家铺子，光是路上坐车，就要一天的时间。之前，我妈也从没想过要去徐家铺，但连绵的雨季阻碍了她的日常放鸭，耳朵里又听不得媒人那些殷勤的话，便一时兴起，跟着三姨坐车到了徐家铺。

郭家是徐家铺里为数不多的外姓人家，铺里的人大都姓徐。

但郭华家又是徐家铺顶有钱的一户。郭华的祖上并不富裕，只是到了郭华父亲郭兴明时，家里做起了香料生意，偏偏郭兴明又是个有胆识的人，借了本家几十户的钱凑了两万，从广西桂林批了几卡车八角大料。回来后不久南方就遭遇了雪灾，北方市场的香料供不应求，郭兴明把几块钱一斤批发来的香料按几十几百一斤地卖，只一个冬天，郭兴明就发了家。

徐家铺里多的是做生意的。我妈跟着三姨到了徐家铺之后，常常到门头上帮着照顾生意。三姨一回到家，就脚不沾地地干起活来。屋里屋外地忙着做饭洗碗，进货送货。郭华倒做了甩手掌柜，常常几天都不到门头上去照看生意。他总是待在家里的二层小楼上，拿一个鼻烟壶，手边泡一壶六安瓜片，美滋滋地跷着脚打发时间。

我妈在三姨屋里来来回回走的时候，郭华的目光也跟着来来回回地换。他走在小店里，下巴颏都是朝天的，一派暴发户的模样。他背着手在店里转悠一圈，装作不经意地走到我妈身边去，手心朝上，几块已经开始融化的花生糖裸露出来。他说，吃吧小七子，这是路过蜜食店人家送的。他还说，给过你三姐了，她不爱吃这个。

我妈看一眼他那黏糊糊的手心就径自走开了。郭华也不气恼，把手心往自己嘴巴上一合，腮帮子翕动，舌头跟着来回地舔几下，几块花生糖就进了他的肚子。翌日，他再走到我妈身边的时候，手心上多了一张黄色的草纸，草纸上依旧是几颗花生糖果。他催促着我妈，吃吧，纸是干净的，糖也是干净的。我妈又看一眼他手心里的那张纹理粗糙的草纸，摇摇头，走开了。

吃饭的时候，三姨就在厨房里叮叮当当地忙活着，郭华坐在我妈的对面，一双狭长的弯弯眼睛常在瓷碗后闪烁。他把碗里的豆角都扒拉到一边，只把肥肉挑出来放进自己的碗里。他吃饭时哼哼响，像是食物与口腔的一次战役。三姨忙完坐到桌前的时候，常看见郭华的目光在我妈的脸上游走。

"老七，你啥时候回去？"我妈在三姨家待了半个月后，三姨终于忍不住在饭桌上问。

"急啥！大老远来一次，就多待待，反正你三姐夫别的没有，房子还是够大，饭也还够吃！"郭华把瓷碗往桌子上一撂，有些恼了。

三姨便不说话了。三个人各吃各饭，嘶啦啦的喝汤声，咔嚓咔嚓的咀嚼声以及饭勺碰到汤锅边缘的声音惊心动魄。

那天晚上，我妈就开始收拾东西。她把袜子和碎花裙子一股脑儿地塞进一只半旧的粉红布包里，又坐在床边数了数口袋里的钱。来时，姥姥给的那五块钱还没花。加上口袋里原本就有的零钱，我妈一共有六块二毛钱。她决定去徐家铺的百货商店给我姥姥买一包油光纸包装的桃酥和一包炒糖果。

我妈拿着手电筒在徐家铺的街道上走，已是晚上十点多的光景，四周一片静寂。郭家门口的路灯散发出悠悠的黄色光圈。我妈轻轻合上了门，走进了黑暗的夜色之中。

脚步声在狭长的巷子里格外令人胆战心惊。层层叠叠的黑色树叶轮廓在地上婆娑跳跃。我妈走在巷子中间，耳边是微凉的夜风和不甚分明的星。她加快了步子，几乎是跑着往前去了。拐出巷子的时候，一只鸟扑棱棱地起飞，正与奔跑着的她撞在一起。

她感觉有温热的液体从一侧的耳朵里流淌出来，黏稠的，带着血腥味的。她抬起手抹了一把，又接着赶路。在黑暗里她不敢停留，尤其是当她开始意识到她正走在一条玉米疯长的泥土路上。风一吹，玉米肥大的叶子哗哗啦啦地响着，到处都像是藏了什么人。风停了，土路上有两种脚步声，一重一轻，一急一缓。

夜风里，她开始清晰地听见自己之外的脚步声。土路两侧都是一人高的玉米地，黑压压一片，叶子跟着风齐齐地倒向一边，又或是拨正身子倒向另一边。她的双腿开始酸软，脚步急而混乱。那个脚步声依旧缓缓地，紧紧地跟在她身后，并尽力与她的脚步声保持一致。

　　她在深不见底的夜路上撒腿狂奔。一起狂奔起来的还有那个脚步声。但她还没跑出多远，脚踝就崴了。左脚上的一只白色红皮头布鞋也跑丢了。她坐在地上，脚踝处的刺痛仿佛来自身体的内部。一个黑影慢慢地与地上的她重叠。

　　我妈再回到双庙村的时候，身边多了一个男人。那男人就是我爸，徐波。

　　巧的是，他们一起回家的那天下午，我那十天半个月不回家的姥爷居然在炕上睡大觉。

　　徐波跟着我妈进了姥姥的小屋。后来，我妈总说，你爸最帅的时候就是第一次去你姥姥那儿，穿了一身蓝色的工作服，一双黑色的胶鞋，看上去干干净净，清清爽爽。每次我妈还没说完，我爸的眉毛就皱成了个疙瘩，他喝口白酒咂咂嘴，也斜着眼睛说，拉倒吧，你可别提那天了！

　　第一次走进姥姥的沙地小院时，我爸的心情是紧张而郑重其事的，作为徐家铺的大龄未婚男青年，我爸清楚地知道，如果错过了我妈，他可能又要一直光棍下去了。我爸是在那个月光惨淡的夜晚邂逅我妈的，那时，他正蹲在玉米地里懊恼地解手，白天时，他又去相亲了，姑娘是个哑巴。作为徐家铺最穷的一户人家的儿子，我爸的相亲总是以姑娘的单方面不满意而告终。从二十出头一直到三十一岁，我爸的相亲意向人选从徐家铺里最俊俏的林红逐渐变为家境最为贫寒或是有些残疾的女人。在一个阳光刺眼的午后，上过初中能写会画的我爸，手里提着一包桃酥，怀着老大不情愿地走进了哑巴姑娘的院子。杂草从倾颓的半堵黄泥墙里肆无忌惮地生长，一只扁平脑袋的菜蛇正从圆圆的洞口缓缓抽出身子，火红的信子像是微风中的红花，鲜艳冷厉。

身为木匠的我爸走过那堵黄泥墙时，心里已经在盘算，以后要是娶了这个哑巴姑娘，第一件事就是给姑娘家安个大门。他甚至想着家里还有块质地不错的松木，到时打磨好了绑在独轮车上推来。

哑巴姑娘的小院里，已经站了不少人。我爸走近的时候，才发现是两个媒婆，手里各自扯着一个小伙子的胳膊，一劲儿往姑娘脸前扯，唾沫星子飞舞着各夸各的好。姑娘生着一张圆脸，白皙的肌肤像是刚剥出的荸荠，一害羞，脸就红到耳根了。两个男青年的手里各自提着两只毛色鲜艳的大公鸡，倒提着的公鸡向四个方向探出身子，试图飞起。我爸站在一旁，百无聊赖地等着他们说完。

哑巴姑娘对那天站在院子里的三个小伙子不置可否，媒婆索性推着自己身边的小伙子和哑巴姑娘一起进屋。一行人走进屋里的时候，姑娘的父亲回头看了我爸一眼，但很快他的目光就转向别处去了。

我爸拿着手里的桃酥，转身走出了姑娘家的小院。姑娘父亲的那一瞥目光像是一种莫大的侮辱，那种视而不见的眼神如同盛夏田间的阳光，晒得人胸口烦躁却又无法挣脱。他在田间徘徊，不愿回到家里去。那破败的贫寒的小院，母亲那喋喋不休的埋怨和父亲的沉默寡言，让他在一想起来时就觉得无比惆怅。他在玉米地边的石崖上坐了一会儿，看到自家玉米地里的野草又疯长起来了，那些长着细长的藤蔓的植物在玉米秆上伸展、蔓延。于是我爸钻进了玉米地，沿着田垄，一行行地拔起草来。

盛 会　　　　　　　　　　　　　　　　　　　193

等他干完活从玉米地里出来，天已经黑了。他把浸满了汗渍的白衬衫搭在黝黑的肩膀上，迎着微凉的夜风，往家走去。

我妈带着我爸走进姥姥的小屋时，姥爷正在床上睡觉。我爸把手里的三包桃酥和一条哈德门放在黄漆斑驳的桌上，我妈从院子里搬来两个木马扎，招待着我爸坐下。姥姥坐在炕边，跟我爸聊天。一面问家是哪里的，家里有年纪的身体可好，一面又沏好了茶，递到我爸面前。

姥爷的眼皮在簌簌地动。他越是竭力地假装睡眠安稳，眼皮抖动得就更加厉害。我爸端着茶杯跟姥姥殷切地说话，目光不时停驻在姥爷身上。

"家里是做什么的？"姥姥问。

"没啥活路可以做，就走街串巷地补锅。"我爸说。

"家里兄弟姊妹几个？"

"两个，还有个大哥。"

"哦，大哥结婚了吗？"

"还没有，家里穷，大哥一直也没讨上媳妇。"

姥爷听到这儿，紧绷的神情放松了许多。他睁开眼，从床上坐起来，假装刚刚睡醒的样子。并不理会我爸，姥爷呵斥姥姥，今天喂羊了吗？姥姥说中午上过山了。姥爷嗯了一声说，这羊上膘慢，一天得多喂喂，你再赶着羊上山一趟吧。姥姥说，这都晚饭了，先做好饭招待人家小徐。姥爷一个白眼飞过来，不生活啦？你还是先去喂羊吧，一会儿天黑了山路难走。

我爸站起来，恭恭敬敬地准备跟姥爷打招呼，但姥爷说完话，就伸伸懒腰，走到沙地小院里去了。

我爸饥肠辘辘地回到徐家铺时已经是夜里十一点，他疲倦而又失落。即便是一年后，他娶了二十岁的我妈，但他每次提及这件事时，脸上仍有一种愤懑不平在，这事勾连起了他无数的窝囊回忆，以至于他厌恶姥姥家的每个人，除了我妈。

我妈的婚事是在姥姥的忧心忡忡和姥爷的不屑一顾中完成的。那些日子，对姥姥来说，是沙地小院最黑暗的时光，她日夜忙碌着，忧心忡忡地忙碌着，常常咳嗽得上气不接下气，一口接一口地吐出黏糊糊的血团子。

我记忆里的姥姥，是一个身子干瘦的老太太，一只生了锈的黑色发夹拢着花白的齐耳短发。她说话时，胸腔像是有两个风箱正嚯嚯地响。跟姥姥相聚的日子不多，只有每年的农历六月初六，那一天是姥爷的生日。姥姥从不过生日，她总觉得自己的生日似乎并不重要。相反，她倒是殷切地张罗着姥爷的生日。

七岁那年，姥爷生日那天，我在沙地小院里认识了李银生。他是六姨的儿子，六姨生病之后，就被姥姥带到了沙地小院里生活。那时的他黑瘦，个子跟我一般高，一双黑黑的眼睛傻乎乎地眨巴，看上去怯生生的。

大人们聚会的时候，我们常常就跑到沙地小院里疯玩去了。玩耍的间隙，常能看到姥姥靠在绿漆斑驳的木门边擦眼泪。我妈说，那是姥姥在想五姨了。姨们各自带着自家的对象回来，大姨夫老包走起路来昂首阔步，手里握着一只布满茶垢的塑料水杯，一派自带茶水的"老干部"作风，二姨夫坐在姥爷炕边，凝神看窗户上挂着的几串草药。三姨夫则优哉游哉地躺在姥爷炕上，听着大家的谈话，不时不耐烦地打断，一脸专家状地指点几句。

我爸在屋里待不住，常常跑到院子里，看我们这些孩子无聊地耍。进来出去上厕所的人都问我爸，在这干啥，怪热呢，还是去屋里聊天。我爸就恭恭敬敬地说，没事，看着这些孩子，省得调皮捣蛋。

但他很多时候并不看我们，他只是在院子里坐着，屋里的热闹喧哗似乎离他很近，但其实离他很远。很多年后，当我也长到了我爸那个年纪，再走进姥姥家的沙地小院时，我也和当年我爸一样，从热闹的小屋里搬个马扎出来，坐在树荫下，百无聊赖地听着屋里子的嬉笑喧哗声。

　　聚会的时候，杀羊这件事由我大姨夫来做。常常是他和三姨夫走到羊圈边上，三姨夫的目光扫过圈里的那些羊，兴奋不已地指着其中一只他认为最肥美的说，就它了！大姨夫便拿开羊圈的门闩，走进去，两手一抄，三姨夫选中的那只羊就腾空了。

　　他们在河边杀羊。羊皮、羊骨、羊肠就摆在岸边的大石头表面。大姨夫蹲在河边的草地上，拿着一把磨得光亮的剔骨刀，沿着肌肉的纹理游走。几个姨夫围站在河边，看他操刀。三姨夫常常跃跃欲试，但又总怕油腻腻的刀柄和鲜血迸发的羊肉弄脏了自己崭新的衣服，便只是站在旁边指指点点了。

　　是的，每次去姥姥家，我们都会穿上崭新的衣服。徐家铺里有一家百货商店，花花绿绿的新衣服都挂在墙壁上。每年有两次买新衣服的机会，一次是姥爷生日的时候，还有一次是过年。盛会前的购物，我妈是慷慨的，平时咸菜长毛都要冲洗一遍吃下去的她，给我挑新衣服时显得毫不犹豫。

　　我七岁那年的夏天，三姨家用多年的积蓄买了一辆小面包车。郭华整天开着那车在徐家铺的大街小巷转悠，窗玻璃摇到最低，逢人就按按喇叭，伸头出去，扯着嗓子跟人家打招呼。倒也没有什么实在的话好说，无非是让人家注意到他新买的面包车。但一直到姥姥去世，面包车也没开进姥姥的村子里过，郭华说山路太陡，怕滑了车子。我爸徐波总在酒后嚷嚷，他说他不止一次见到郭华正对着杨树干就开过去啦。

　　去姥姥家聚会的这一天清晨，早早地，我妈就起床收拾东西了。等我穿上新衣服，吃过饭，一家人出门时，都是焕然一新的了。提着大包小包的礼物，我们辗转几次，终于在睡意昏沉的傍晚抵达姥姥家的村头。姥姥早已经在村口的公交车站那等着了，她站在那儿，像是一棵瘦弱的、弯曲的老树。见到我们，她总是抢着从我妈和三姨的手里拿那些重一些的包裹，她也总是会将我抱在怀里，左亲右亲。她沉重的喘息像是孩童手里摆弄的二胡，持续地发出枯涩的、不均匀的喘息，又像是一只破旧的风箱。

到沙地小院的时候，姨们已经先到了。在一堆的热闹人群里，大姨夫孑然独立，见到三姨夫来了，眼睛里的光迅速地被点燃，他快速走上前来，同三姨夫的手紧紧握在一起，那场面，像是两个地区首脑会晤。我爸没有迎上前去，他只是小心地牵着我的手，问我想不想跟他去河边玩。

我固执地甩开了我爸的手，因为我看见银生和娜娜正在角落里摆弄一只红色的塑料盆。我走过去，发现盆底有些黏稠的泥水和几块石头，几个圆圆的泡泡泛出水面。我正聚精会神地看那几个泡泡，银生突然凑到我跟前，用小棍拨拉开一块石头，两只大拇指般长的螃蟹就露了出来。

十一年后，当我坐在姥姥家河边的石头上发呆，银生依然像小时候那样突然就出现在我眼前。他掀开我脚边的大石头，两只手就探进了浑浊的水里。手再张开的时候，里面就是三五只螃蟹了。我是从来不敢把手伸进那打着旋的泥水中的，谁知道石头下面会不会有一条冰凉的水蛇。

银生说我的指甲看上去没有光泽，大概是缺钙，于是他一边放牛，一边沿着河岸掀螃蟹。半天的时间，他的大塑料瓶子里装满了吐着泥水泡泡的螃蟹。银生说山上的果子是不能随便摘的，农药太重，所以每次上山，他都从家里带两只熟透了的蜜桃。知道我苦夏，他总把蜜桃浸在清冽的山间溪水里，我再咬下去时，桃子满口清甜。走在山里的时候，银生总一只手拉着我的手，小心翼翼地带我走在湿滑的草地上。他总在我若有所失的时候拍拍我的脑袋，笑着说，失败不可怕，可怕的是没有勇气再去做事了。

那是个炎热的夏天，阳光的炽热要点燃整座森林。姥姥的最后一个生日。

平淡无奇的日子里，我总趴在日历上写写画画，盼望着聚会的到来。每次跋山涉水，辗转几次到了姥姥的沙地小院，跟长辈们问好之后，便和银生沿着河边一直走。聊些什么呢？聊聊不相见时候的生活，聊聊各自学校里的新鲜事，又或是姥姥家最近的事儿。走到河坝上的时候，就该往回走了，银生把手伸过来，我的手犹豫了一下，还是搭了过去。他稳稳地一攥，我就跨过河滩，到了河的另一边。

在沙地小院里，我看见姥姥正拿着木梳给我妈梳理那长长的头发。三姨在一旁指挥着六姨做饭，二姨跟二姨夫在屋里桌边择菜，四姨表情有些木然地坐在桌边，微微笑着听大家聊天。

银生说，每年中这一天是盛会一般，我这盼望着，一盼就是大半年。

我点点头说，我也是，我喜欢姨们凑在一起说笑。

银生伸个懒腰，说，是啊，我也就这天能见到你。

我问，你很想见到我吗？

银生点点头，他挺拔的鼻梁在洁净的空气中格外耀眼。

站在姥姥家的沙地小院里，目光所及处是层层叠叠的大山。山林间烟雾萦绕，几片云闪闪发亮。银生说该上山去放放牛了。

那时候，眼巴巴地盼望着每年一次的盛会。常常心里盘算着，见了银生表哥该说些什么。等到去县城上高中的年纪，手里也就有了零花钱，便经常光顾学校门口的小饰品店，买几个精致

　　　　　　　　　　　　　　花园荒芜 ｜

的挂坠又或是好看的打火机，用小礼盒小心翼翼地装好，再花五毛钱买一条彩带，在礼盒上精心地打个蝴蝶结。心里便对盛会上与银生表哥的相见更加期待。

十八岁那年，再到姥姥的沙地小院里，我已经厌倦了坐在角落里听大人们聊天。姥姥的花猫趴在炕上酣睡，我妈和姨们围着姥姥说话，手里各自还拿着些青菜一边择着。她们的话题总是各自的小家。大姨羡慕二姨有个哑巴婆婆，二姨则羡慕大姨婆家家底殷实。三姨跟随郭华多年，指点起别人的生活来有板有眼。四姨偶尔插句话，但声音细细弱弱的，像是说给大家，但更像是说给自己。六姨常常就在姥姥的炕上躺着了，她的脸总是苍白的，看上去像是生了什么大病。她有时微笑，但更多的时候，是一个人若有所思地躺着，不言不语。

午饭后，银生表哥总要赶着姥姥的三头牛上山。我执意跟着，走出沙地小院的时候，我妈和姥姥的叫喊声还在回荡：莹莹，在院子里玩吧，别去山上了，有蛇。莹莹，山上都是断崖，咱可不去。

我一边应声说就在院里，一边悄悄地跟着银生出了门。湿滑的山路上长满了细碎的青草，踩在上面时，双脚总也使不上劲。银生表哥牵着我的手，一步接一步地从山崖上往上攀爬。银生的手宽厚，温热。微风吹过来，我闻到他身上有一股清新的泥土芳香。

坐在山崖间的松树下小憩，银生惬意地躺在草地上，不时从地上捡起一根松针举到自己眼前看一会儿，而后扔掉。

"你总是这样无聊吗？"我低下头问他。

"是啊，放牛的时候，一根草能玩半个小时。"银生扔掉手里的松针，又捡起一根新的松针，重新举到眼前。

盛 会   199

"你想没想过未来会是什么样子的？"我望着山脚下蜿蜒的小路和隐藏在层叠树荫里的人家。

"不晓得。"

银生把松针扔到一边，目光移向我。

我们对视着。山林间微风轻悠悠慢悠悠地游走，头顶的那片天空泛着青蛙肚皮一般的白。沙地小院看不分明，姥姥门前的河细长，水波的光斑若隐若现。银生逐渐靠近我坐着，他的手慢慢握紧了我的手。我只觉得天空那么远，沙地小院也那么远。两个人双手紧握的那一瞬间，不正是我执拗地逃离沙地小院所盼望的吗？

"要下雨了。"银生的嘴唇靠近我额头的时候，我慌乱地说。

几个雨珠子恰巧落到银生那生长着浓密汗毛的胳膊上。

我们把牛赶进了不远处的山洞里。银生从山崖一侧爬上去，再下来时，手里便抱着一堆桃子了。冒着淅淅沥沥的雨水，他跑到不远处的溪水边，蹲在那儿洗桃子。

洞口外白茫茫一片，脆厉的雷声从远处翻滚而来。姥姥他们该是在沙地小院着急坏了吧。但银生温热的手拂过我的脸颊时，我的忧虑转瞬之间就化作乌有。

一头牛转过脸来看了我们一眼，接着就走出洞去了，像一个虔诚的老人。

"好像有脚步声。"

"是牛。"银生往洞口那儿看了一眼，目光接着又转回来。

我听到洞口外传来若有若无的喘息声，那让我想起姥姥。

"怎么了？"银生问。

"趁雨水不大，咱们下山吧。"

回到沙地小院的时候，我们俩浑身都湿漉漉的。我妈和姨们还在姥姥的小屋里说话，外面的雨水似乎并没有让她们觉得困

　　　　　　　　　　　　　　花园荒芜　|

扰。见我们回来，姥姥从外面的炉灶上端来两碗煮好的姜红糖，一人一碗，递到我和银生的手边。她在雨水里来回走动，花白的头发上沾满了晶亮亮的雨水。

姜红糖还没喝完，村头的公共汽车已经在鸣笛。又该离开了。那个黄昏的天很阴，坐在最后一排的座位上，我扭过身子去看姥姥，她一直站在那儿，越来越远，也越来越小，直到消失不见。

手里的烟没有抽完，舅舅走出小屋来寻我，他说姥姥要见我。我捻灭了手里的烟头，大脑空白地，跟着他走到了姥姥的土炕边。姥姥的目光像是黑夜里的萤火，慢慢地转向我，而后闪闪发亮。我握着她干枯的手，俯下身去在她凹陷的脸颊上亲吻。眼泪顺着我的脸坠落下来，碎了。

"莹，锅里有鸡蛋。你工作忙就不要来看我了。"姥姥说。微弱的声音游丝一般地在我耳边飘荡着。

"姥，你快好起来，不是说好跟我去北京看看，看看天安门……"

"姥姥去不了了。莹，你别跟银生上山了。我做梦，梦见你掉到悬崖下去了……"

跟银生哥上山，那是许多年前的事了。我想起在山洞时，渐渐清晰的脚步声喘息声。

我在一片撕心裂肺的哭声中跌跌撞撞地走出姥姥的小屋。沙地小院里，是一望无际的荒凉与悲伤。

银生没有回来参加姥姥的葬礼，因为那时刚好赶上春运，航空公司加班。我们约在北京的一家餐厅里见面。他还带着他的未婚妻，同一机组的实习空姐。互相寒暄之后，面对面地坐着，我突然不知道要谈些什么。

　　过往的记忆细碎而又斑驳不堪，我突然对追忆这件事情本身产生了强烈的怀疑。直到午后的阳光透过明亮的玻璃窗，洒在银生那挺拔的鼻梁上，那让我想起七岁那年，我们躺在姥姥的土炕上，漫无目的地交谈，兴致勃勃地讨论着屋檐下那些燕子的去向，以及姥姥还在，盛会依然的那些时光。